El duque siciliano
Madeleine Ker

Bianca®

HARLEQUIN®

Editado por HARLEQUIN IBÉRICA, S.A.
Hermosilla, 21
28001 Madrid

© 2005 Madeleine Ker. Todos los derechos reservados.
EL DUQUE SICILIANO, Nº 1641 - 11.1.06
Título original: The Sicilian Duke's Demand
Publicada originalmente por Mills & Boon®, Ltd., Londres.

I.S.B.N.: 84-671-3445-3
Depósito legal: B-45934-2005
Editor responsable: Luis Pugni
Composición: M.T. Color & Diseño, S.L.
C/. Colquide, 6 - portal 2-3º H, 28230 Las Rozas (Madrid)
Fotomecánica: PREIMPRESIÓN 2000
C/. Algorta, 33. 28019 Madrid
Impresión y encuadernación: LITOGRAFÍA ROSÉS, S.A.
C/. Energía, 11. 08850 Gavá (Barcelona)
Fecha impresion para Argentina: 18.7.06
Distribuidor exclusivo para España: LOGISTA
Distribuidor para México: CODIPLYRSA
Distribuidores para Argentina: interior, BERTRAN, S.A.C. Vélez Sársfield, 1950. Cap. Fed./ Buenos Aires y Gran Buenos Aires, VACCARO SÁNCHEZ y Cía, S.A.
Distribuidor para Chile: DISTRIBUIDORA ALFA, S.A.

Capítulo 1

ISOBEL estaba intentando recordar aquel verso acerca de una ola cristalina, tan apropiado para aquel precioso y caluroso día. El cielo sobre Sicilia era de un azul cobalto, el mar estaba en calma y la espuma del mar flotaba suavemente sobre su pálida piel.

En el horizonte podía divisarse el Etna. Ahora que era verano sólo podía apreciarse nieve en la cima a pesar de que de él brotara de forma habitual humo blanco. Era un volcán que se portaba bien y hacía todo lo posible para no ahuyentar a los turistas. Pero ella no era una turista, ella estaba allí por trabajo.

La tormenta del día anterior había removido la arena del fondo haciendo que el agua estuviera opaca, pero, tras la noche, el agua volvía a estar hoy tan traslúcida como siempre. Ella podría volver a reunirse con el equipo y decirles que se prepararan para bucear otra vez esa mañana ya que la visibilidad era excelente y la mar estaba en calma.

Mientras nadaba a través de las rocas, cerca de lo que habían apodado «Vector Alpha» por ser el punto en el que ellos creían, había naufragado una antigua embarcación griega, un extraño movimiento llamó su atención.

A pesar del calor abrasador que despedía el sol que tenía a sus espaldas, su corazón pareció helarse por un momento.

Allí estaba, o mejor dicho, allí estaba él. A unos tres metros por debajo de ella. Un poderoso cuerpo masculino muy bien dotado. Piel dorada, pelo negro flotando alrededor de los hombros y torso desnudo, ya que llevaba unos pantalones cortos de neopreno de cintura a rodilla. No llevaba equipo de submarinismo, tan sólo unas gafas de bucear. Sin duda, un buceador furtivo.

Él se movía en dirección al Vector Alpha impulsado por el suave aleteo de sus largas piernas decidido a llegar al fondo marino con el propósito de encontrar algo. De pronto, su corazón volvió a latir de nuevo impulsado por la ira. Aquel intruso sabía exactamente hacia donde se dirigía.

Ella flotaba inmóvil, observando cómo el depredador se encaminaba hacia el naufragio ajeno a la presencia de ella. Aquello era exactamente por lo que ella y sus compañeros habían viajado a Sicilia desde Nueva York, para proteger ese tesoro arqueológico de maleantes y preservar el pasado de saqueadores como aquél.

Isobel esperó a que él saliera a la superficie a tomar aire. Parecía estar muy fuerte ya que los músculos de su torso estaban muy marcados desde la cintura hasta los anchos hombros. Tampoco se le escapó el detalle de que llevaba un gran cuchillo amarrado con una correa en uno de sus vigorosos muslos.

Maldición. ¿Qué pasaría si aquel visitante resultara ser de veras un chico peligroso? Los otros aún estaban desayunando en tierra. Ella había querido ir sola más temprano para comprobar que las condiciones para un día de buceo eran las adecuadas. Podría ir corriendo en su busca y después volver junto con la caballería, pero para entonces quizá el pirata ya estuviera lejos, llevándose cualquier cosa que le hubiera sido posible robar.

Además, Isobel Roche era conocida por no temerle a nada ni a nadie. Podría tener muchos defectos, de hecho, la habían acusado de ser arrogante, testaruda y orgullosa, aparte de que recientemente su ex novio había dicho que era sarcástica y la había comparado con un iceberg, pero jamás había sido acusada de ser cobarde.

Le llamó la atención el tatuaje que lucía en el hombro derecho, un pulpo realizado en tinta negra cuyos tentáculos se retorcían en su bronceada piel. Oh, sí, aquél era un chico malo de verdad.

Pero el caso es que tampoco subía a la superficie para tomar aire. Aquellos grandes pulmones estaban llenos de oxígeno. Buceando con total soltura estaba casi a punto de llegar al final del naufragio. Había llegado la hora de actuar.

Isobel inspiró profundamente y aleteó con fuerza a través del agua en busca de la oscura figura. Él aún parecía ser ajeno a su presencia cuando ella serpenteó por el agua en su dirección como si fuera un ángel.

En el último momento, él pareció verla de reojo y se giró alejándose de ella. Al hacerlo, ella pudo ver un resplandor dorado apretado en su puño. Sin pensarlo, Isobel lo agarró del pelo y empezó a nadar a la superficie tan fuerte y rápido como pudo, arrastrándolo tras ella.

Hasta que no salió a la superficie no se le ocurrió pensar que él podría haber utilizado el cuchillo y haberle dado una puñalada en el hígado, pero para entonces sólo intentaba recuperar el aliento y sujetar a quien había resultado ser un hombre bastante grande. Una gran mano le agarró la suya y le hizo soltar su pelo. Ella se preparó para el contraataque, pero al mirarlo a la cara, Isobel vio que se estaba riendo de ella. Su sonrisa dejaba su resplandeciente dentadura bajo una espesa barba negra. Sus ojos azules brillaban más que el cielo sobre sus cabezas.

—¡Dámelo! —le exigió en italiano.

—¿Darte qué? —contestó sonriendo aún.

—Lo que has encontrado ahí abajo.

—No he encontrado nada.

—Mentiroso.

Ambos estaban flotando uno frente al otro. Ella intentó agarrarlo de nuevo del pelo, pero esta vez sólo pudo agarrarlo de unos cuantos pelos de la barba.

—¡Dámelo!

–¡Eso duele! –protestó él, todavía riéndose.

–Entonces ¡dámelo!

–Muy bien. Nademos hasta las rocas y te lo daré.

–No trates de jugar conmigo –le advirtió mientras le soltaba.

A pesar de todo, mientras le hablaba tan valerosamente, Isobel aún seguía pensando en el cuchillo que llevaba anudado en el muslo.

Llegaron hasta las rocas. La arena era resbaladiza, así que se agacharon uno frente al otro como si estuvieran a punto de luchar. Su cautivo era efectivamente uno de los mejores especímenes del sexo masculino. Con el cuerpo de un semidiós, la barba y el pelo largo negros, era como un héroe antiguo resucitado.

Como haciendo eco de sus pensamientos, él sonrió y le dijo en un fluido pero con un marcado acento en inglés.

–Odiseo capturado por una sirena. Eso es un giro inesperado en el mito.

–¿Hablas inglés?

Su voz era profunda y ronca.

–Y también sé caminar erguido. Pero las sirenas no llevaban bikinis de color verde lima en los tiempos de Odiseo. Al menos eso creo.

Sus ojos deambulaban por todo el cuerpo de ella de la misma forma que lo habrían hecho buscando tesoros en el naufragio. En efecto, su bikini era verde lima, y no era muy grande. La verdad era que no esperaba tener compañía tan pronto por la mañana. La piel de los pezones se le había endurecido por la adrenalina derrochada en la persecución y ahora se marcaban como dos signos de exclamación en la lycra mojada. Isobel inclinó hacia delante su melena color caoba esperando que el pelo le sirviera como cortina para poder cubrirlos.

–Dámelo –dijo jadeando y tendiéndole la mano, la cual, era la mitad del tamaño de la de él.

Él la miraba con expresión burlona.

—Dicen que quien lo encuentra, se lo queda.

—La policía no dirá eso —contestó ella—. Tienes diez segundos para dármelo.

Fue entonces cuando él lentamente abrió sus bronceados dedos. Isobel dio un grito ahogado. Brillando en la palma de su mano había una gran moneda de oro que, sin duda, era bastante antigua. Ella podía ver impresa en ella, más o menos, la cabeza de un dios barbudo.

Ella intentó agarrarla, pero él fue más rápido. Sus dedos se cerraron y empezó a reírse de ella. Isobel agarró los puños de él entre sus manos tratando de abrirle los dedos.

—No tienes derecho a hacer eso.

—¿Por qué no? He sido yo quien la ha encontrado.

—Éste es un yacimiento arqueológico. Robar de un pecio es un delito grave.

—¿Cómo de grave?

Los esfuerzos de Isobel por recuperar la moneda de su mano fueron en vano

—Muy grave. Además, su robo despoja al mundo de una pieza histórica de valor incalculable.

—¿Incalculable? ¿Así que es valiosa?

—Sólo te darán por ella lo que vale una botella de vino. ¿Acaso eso merece destruir un hallazgo histórico para siempre?

—Una botella de vino —reflexionó él—. ¿Contra la cual se encuentra un hallazgo histórico? Hmm. Nunca me he dejado impresionar por los clichés, *bella signorina*. Creo que elegiré la botella de vino.

—Maldito seas —dijo enfurecida, desesperada por ver de nuevo la moneda. Ella no era la experta del grupo en numismática, pero era claramente la mejor moneda que había aparecido en el yacimiento.

—¡Dámela!

—No.

—¡Ladrón!

Esta vez puso cuidado y pudo agarrar su rígido puño. Lo mordió. Sin embargo, él seguía riéndose de ella.

–¿Vas a comerme vivo? ¿Para preservar el hallazgo histórico?

A Isobel le pareció saborear sangre, así que escupió. Los pectorales de él eran fuertes y duros y sus pezones estaban tan duros como los de ella y el pelo rizado de su pecho formaban un triángulo justo debajo de su garganta. Sus brazos también eran musculosos, así que nunca sería capaz de conseguir la moneda por la fuerza. Era demasiado fuerte para ella.

–Te la compro –dijo, desesperada.

Le pareció tan divertido que arqueó una ceja.

–No creo que llevando ese bikini verde lima lleves encima dinero, ni siquiera lo necesario para pagar una botella de vino, querida sirena. ¿Con qué pretendes pagarme?

–Dame la moneda y te traeré el dinero de vuelta.

–La única cosa con la que regresarías sería con una brigada de *carabinieri* –se rió él–. Las esposas no me gustan, así que piensa en alguna otra cosa.

–Tienes que confiar en mí –dijo, mirándole con furiosos ojos color jade.

Los sicilianos dicen que nunca hay que fiarse de una mujer de pelo rojo y ojos verdes –contestó, como si estuviera impartiendo una de las más importantes lecciones de la vida.

Decir que tenía el pelo rojo era, además, un insulto para ella.

–¿Es que acaso no lo entiendes, salvaje? Esa moneda no nos pertenece ni ti ni a mí. Es parte del patrimonio nacional y mundial. No estas vendiendo simplemente un pedazo de oro, sino una pieza importantísima para el saber y para comprender mejor el pasado.

–*Brava* –susurró él–. ¿Ha terminado ya el sermón?

–Muy bien. Quédatela si eso es lo que quieres, pero por lo menos déjame ver la impresión que hay en la moneda para que pueda tomar nota de su registro.

—Puedo decirte lo que hay en la moneda —contestó él—. La figura de un hombre mayor con barba con un tenedor en una mano.

—¿Un tenedor?

—Sí, un pincho con tres puntas, como los que se usan para pescar.

—¿Un tridente?

—Exacto, un tridente.

Poseidón, dios de los mares con su insignia.

«Una moneda de oro de Poseidón procedente de Siracusa».

Isabel se mordió los labios. No era simplemente una bella moneda, sino una importante evidencia de vital relevancia.

—Escúchame— le dijo, tratando de controlar la furia y el odio que sentía por aquel rufián que permanecía allí sentado burlándose de cada palabra que ella decía—. Voy a intentar explicarte esto.

—Gracias señorita —le dijo con voz seria.

—Ahí abajo hay un barco hundido. Se trata de una embarcación griega muy antigua llamada galera, procedente de un lugar llamado Corinto. Pensamos que fue abatida por una tormenta alrededor del año trescientos antes de Cristo. De eso hace dos mil trescientos años.

Él asintió. Sus ojos revelaban que se estaba divirtiendo mucho. Ella continuó.

—Esa moneda puede ser la clave de toda la expedición, porque puede darnos una fecha concreta. La moneda puede datarse con un margen de error muy pequeño, y así podremos saber si el naufragio tuvo lugar antes de esa fecha, ¿me sigues?

—Te sigo.

—Además, podría confirmarnos si el barco ya había estado en Sicilia e iba de regreso. Las galeras comerciaban entre Grecia y las islas —le explicó mientras sus ojos deambulaban por la cara de él intentando ver signos de comprensión—. La presencia de una moneda de oro de Siracusa probaría que ya habían visitado Sicilia y vendido su cargamento. Así que ahora ya sabemos que el cargamento que hay ahí abajo es siciliano y no griego, dado que regresaba a Corinto para ser vendido allí. ¿Entiendes?

–Lo entiendo.

–Pero no podré corroborar nada de eso a menos que tenga esa moneda. Para mí no es suficiente decir que he visto una moneda procedente de Siracusa en el naufragio. Necesito la prueba para poder probarlo.

–Te la vendo por un beso.

El sermón de Isobel se le heló en la garganta.

–¿Qué?

–Si es tan importante para ti, es muy bajo el precio que tendrás que pagar –su sonrisa mostró su perfecta y blanca dentadura–. Los sicilianos también dicen que no hay mujer que bese igual que las pelirrojas de ojos verdes.

–¡Yo no soy pelirroja!

–¿Quieres la moneda o no?

–Yo...

Él se acercó a ella y le retiró de las mejillas los mechones de pelo mojados. Con la misma mano, sorprendentemente suave a pesar de su fortaleza, la agarró de la nuca y acercó la cara de ella a la suya.

Para su eterna vergüenza, Isobel no se resistió hasta que su cálida y aterciopelada boca se posó sobre la de ella.

Y para entonces ella se vio envuelta por el irresistible poder de aquellos musculosos brazos que la agarraban tan fuerte y la aferraban contra su pecho desnudo. El calor de la mano que sostenía su nuca le hacía imposible retirar la boca mientras él la besaba y besaba.

El primer beso fue suave. Fue como si estuviera evaluándola, tratando de saborear y olfatear su piel, juzgar la tersura de sus labios... Ella tuvo el presentimiento de que siendo tan experto como parecía ser, cientos de mujeres habrían caído rendidas a sus pies en los cientos de tabernas a lo largo de la rocosa costa siciliana.

Él olía a hombre, a mar. Su cuerpo era totalmente viril, sus poderosos músculos rozaban su delgado cuerpo envolviéndola cada vez más en su abrazo. El segundo beso se fue haciendo más profundo a medida que él acariciaba los labios de ella. De hecho...

De hecho, tal y como tendría que recordar más tarde, por algún tipo de reacción química extraña en el cerebro femenino, fue incapaz de reaccionar hasta que ella correspondió sus besos. Y eso era lo que Isobel estaba haciendo ahora, besarlo apasionadamente a la vez que resistirse. Sus uñas se clavaban en aquellos poderosos hombros y por todos los medios intentaba darle una patada en la entrepierna a pesar de que su boca se abriera a él como una flor y cerrara los ojos por la sensación de éxtasis que estaba experimentando.

Su vientre duro y plano hizo presión contra el de ella. El vello de su cuerpo le hacía cosquillas en la piel.

El corazón de Isobel latía salvajemente. Jadeaba ardientemente y su aliento agitado se mezclaba con el de él. Por dentro sentía como si su pecho estuviera lleno de algún metal fundido, le temblaban las piernas y su mente daba vueltas debido a las emociones: furia porque él le estuviera haciendo esto, resentimiento porque sus hormonas respondieran tan vehementemente a algo tan indigno y alivio porque aquel rufián probara que Michael Wilensky estaba equivocado. Podría ser imperiosa y sarcástica, pero no un iceberg que nunca había correspondido a un hombre. Ya no.

Y él continuó besándola hasta que su destreza fue tan intensa que, aunque él no le había tocado los pechos ni ninguna otra zona de su cuerpo, ella sintió aquella presión en sus partes íntimas que sólo ocurría cuando...

De repente, incapaz de contener por más tiempo las emociones que estaban a punto de estallar en su interior,

Isobel tembló violentamente hasta que su cuerpo cayó a sus brazos como una muñeca de trapo.

—Mmmm —susurró él, liberándola por fin—. La leyenda era cierta.

Acalorada, pudo ver que él la sonreía y le tendía una mano. Los dedos de Isobel temblaron al tomar la moneda de su mano. ¿Tenía idea de lo que acababa de hacerla? ¿La más mínima idea?

—Tú...

Se quedó sin palabras.

—Siento haberte robado más de un beso —dijo con voz ronca—, pero eso no estaba en el contrato. De hecho, allá abajo hay un ánfora llena de monedas.

—¿Ánfora? —dijo débilmente.

—No sé cómo lo llamarías tú. Es un tipo de vasija antigua llena de monedas —volvió a dedicarle aquella deslumbrante sonrisa—. Muchas más de donde ha salido esa, querida sirena.

—¿Pero dónde?

—Las encontrarás porque he dejado una señal.

Él se puso de pie como aquella magnífica criatura barbuda de algún antiguo mito, sonriéndole y dirigiéndole una mirada de complicidad. El pantalón de neopreno se ajustaba a su figura poniendo de relieve su poderosa musculatura.

—¿Volveré a verte?

—Oh, no, no lo harás —dijo ella, recobrando la dignidad—, a menos que sea en un juicio.

—Nadie ha cometido ningún delito —dijo suavemente—. *Arrivederci* —y se zambulló en el agua como si fuera un delfín.

Ahora ya sabía por qué estaba tan ansioso por marcharse. Podía oírse el sonido de un motor avanzando entre las rocas en dirección a ellos. Eran los compañeros de Isobel que venían a ver por qué ella estaba tardando tanto.

Capítulo 2

PARA SU desgracia tendría que soportar una mañana de burlas acerca de su encuentro con Poseidón.

Ninguno de sus compañeros había llegado a ver a aquel hombre tan misterioso, ni siquiera Antonio Zaccaria, su nexo siciliano con el *Beni Culturali*, quien normalmente lo veía todo. El barco, cargado con los equipos de buceo, había rodeado un pequeño cabo justo antes de que su Poseidón se desvaneciera entre las olas.

Hasta que David Franks y Theo Makarios se pusieron sus equipos de buceo y bajaron al fondo para encontrar la señal que indicaba el ánfora de monedas, a Isobel le había parecido, a juzgar por sus risas, que sus compañeros sospechaban que todo había sido como un sueño que ella había imaginado después de encontrar la moneda. Y eso que no les había contado lo del beso.

Bien avanzada la tarde, aún conversaban en torno a la mesa de trabajo que habían dispuesto en la cripta del Palacio Mandala.

—¡Es una colección fantástica! —exclamó Theo. Sus ojos marrones brillaban por la emoción.

Theo enjuagaba las monedas con una líquido limpiador que, según él, era una solución mágica. De entre todo el equipo, él era el experto en monedas. Sus delgados dedos clasificaban con maestría el montón de aquellos discos metálicos, muchos de los cuales habían quedado unidos por la corrosión.

—La mayoría son de bronce y están tan corroídas por el agua del mar que nos llevará semanas separarlas e identificarlas. También hay monedas de plata que están en perfecto estado. Las hay de Siracusa, un par de las más grandes son de Agrigento... realmente las hay de todas partes, pero esta moneda de oro de Poseidón es, simplemente, espectacular. Es todo un tesoro. No puedo creer que la rescataras. Me pregunto cómo no habíamos visto antes este tesoro escondido.

–La tormenta de ayer –dijo Antonio Zaccaria–, debió sacar a la superficie el ánfora. Así fue como Poseidón la encontró esta mañana.

Se miraron. En primer lugar una tormenta había descubierto el naufragio removiendo la arena de tal forma que los restos fueron descubiertos por un pescador que alertó al duque de Mandala, el mayor terrateniente de esa extensión de costa y quien a su vez había reportado a la Fundación Berger. Aquello era por lo que todos estaban allí.

Pero otra tormenta podría fácilmente enterrar el naufragio otra vez, quizá durante siglos. Ladrones como Poseidón no eran el único peligro en un lugar como aquél.

–El problema es –dijo Isobel lentamente, poniendo de manifiesto lo que todos pensaban–, que realmente no se trata de un naufragio. No hemos encontrado pruebas de las cuadernas, de hecho, el barco debió pudrirse hace miles de años. Todo lo que nos queda es el cargamento esparcido por la arena y sin nada que lo proteja.

Antonio asintió.

–Y el terreno es tan llano y poco profundo que las malas condiciones meteorológicas pueden arrojar el material en distintas direcciones cubriéndolas de arena.

–Tenemos que trabajar muy deprisa –dijo Isobel, decidida.

Como jefe de equipo, le tocaba a ella tomar las decisiones.

–Entre el tiempo, la marea y los visitantes como Poseidón, puede que el material no permanezca allí durante mucho tiempo. Tendremos que doblar turnos hasta que estemos seguros de que no queda nada más allá abajo.

Los otros asintieron. Isobel echó un vistazo a todo lo que habían recuperado hasta entonces. No estaba nada mal para tan pocos días de trabajo. Además, ahora tenían las monedas.

El palacio Mandala era un magnífico edificio del siglo diecisiete que no guardaba ninguna similitud con los otros lugares en los que Isobel y sus compañeros acostumbraban a trabajar.

El *palazzo* era la residencia familiar de Ruggiero, duque de Mandala de ochenta y un años y notable benefactor de muchas causas incluida la Fundación Berger de la que Theo, David e Isobel eran empleados. Fue una suerte que les invitara a investigar la galera griega hundida que, gracias a una tormenta, prácticamente había aparecido a los pies de la casa del duque.

El anciano duque también había brindado su hospitalidad a los arqueólogos y les había permitido alojarse en las impresionantes estancias del palacio en cuyas paredes colgaban Tintorettos y Caravaggios en vez de las tiendas de campaña a las que estaban acostumbrados.

La zona de trabajo, dispuesta especialmente para ellos, también era un lugar espacioso, seguro y con una inmensa puerta semejante a la de una catedral que podía cerrarse con una llave que pesaba alrededor de un kilo.

—Los *carabinieri* han prometido echar un vistazo al yacimiento —dijo Antonio Zaccaria mientras subía la escalera de mármol hacía el primer piso en el que estaban alojados— y el guardacostas dijo que mandaría una patrulla cada dos horas.

—¿Crees que servirá de ayuda? —preguntó Isobel.

Antonio se encogió de hombros.

—Esto es Sicilia —contestó.

—¿Es esto Sicilia? —repitió ella.

De las tres personas que habían llegado desde Nueva York, ella era la única que no había estado antes allí.

–¿Qué quiere decir eso de que esto es Sicilia? ¡La policía tiene que continuar vigilando!

–Y estoy seguro de que lo harán –Antonio intentó tranquilizarla–. Tú has sido muy valiente por enfrentarte a Poseidón como lo has hecho, pero no fuiste muy inteligente, ya que tenía un cuchillo. Tuviste suerte de que huyera.

–No volverá –dijo con confianza.

La historia que les había contado había sido distorsionada. Si supieran que se había dejado besar por el maleante, su reputación como princesa de hielo se derretiría en un instante.

–Ya veremos. Pidamos al duque que nos eche una mano con eso. Me acaban de informar que se reunirá con nosotros para cenar.

Antonio asintió.

–Parece ser que llegó mientras nosotros estábamos en el yacimiento. Ahora está descansando en su habitación.

–Estoy deseando conocerlo. Será todo un honor para mí –dijo Isobel.

Ella sólo había visto a aquel hombre noble de barba blanca en fotografías, pero sabía que la contribución a las artes del duque de Mandala era legendaria. Había sido autor de muchos libros escolares y había donado parte de su vasta riqueza a varios museos y fundaciones entre las que se incluía la Fundación Berger. Desde que habían llegado él había estado fuera del palacio.

Antonio, un hombre delgado de ojos negros y rostro taciturno, le dedicó una sonrisa.

–Lo será para todos nosotros. Por cierto, cenaremos en el comedor principal. Ahora voy a ducharme. Nos veremos en la cena.

Isobel se dirigió hacia su habitación. Permaneció bajo la ducha con los ojos cerrados mientras enjuagaba su larga melena color caoba. Sola con sus pensamientos por primera vez desde la mañana, Isobel se permitió recordar lo que le había sucedido, pero no la versión distorsionada, sino la verdadera historia.

¿Cómo había podido permitir que tal cosa le sucediera? Que un desconocido la abrazara y la besara entre las rocas era algo extremadamente humillante.

Se dijo a sí misma que era un animal, un bruto y no tenía forma de luchar contra él. Simplemente tenía que agradecer que no hubiera ido más allá porque, un matón como él, lo hubiera conseguido todo.

Pero al enjabonar las curvas de su cuerpo una voz interior mucho más sincera le susurró que no era tan sencillo. Algo muy importante había sucedido hoy en aquella roca.

Él era el hombre más espléndido que jamás había visto. Ella había deseado su abrazo y había correspondido a sus besos a pesar de haberse resistido. Y lo que le sucedió a Isobel en tan sólo cuestión de segundos, fue algo que raramente le ocurría con Michael Wilensky. De hecho, casi nunca.

Su rico y sofisticado amante neoyorquino jamás había sido capaz de hacerle lo que aquel Poseidón le había hecho con tan sólo un beso.

Isobel se sintió mareada al sostenerse los pechos bajo la ducha mientras recordaba el placer de aquel momento en el que un sólo beso le había hecho llegar a lo más alto.

«No seas tan idiota».

Aquella voz era la suya propia. Soltó sus pechos y abrió el grifo del agua fría al máximo. El agua helada cayendo sobre su piel como agujas, le hizo recobrar la serenidad.

Aquello no había sucedido. Al menos no a ella. Era otra mujer la que había estado hoy en aquellas rocas. Una sirena que no tenía nada que ver con ella. No con Isobel Roche, la doctora más joven de la Fundación Berger, la princesa de hielo de la arqueología.

Eso le recordó que ya era la hora de comer en Nueva

York y que hoy debía informar a su jefa, Bárbara Bristow, sobre el curso del trabajo. Isobel tomó sus notas para informarle del progreso y contestar a sus preguntas y, envuelta en una toalla, la llamó desde el teléfono de la mesita de noche.

La doctora Bárbara Bristow, una formidable mujer de unos setenta años, era una de las personas responsables del prestigioso nombramiento de Isobel dentro de la Fundación Berger. Actualmente, ella era la directora de la Fundación. Sin duda, la relación de amistad de Bárbara con el padre de Isobel, toda una autoridad en arquitectura romana, había ayudado, pero Isobel sabía que la doctora Bristow tenía grandes expectativas puestas en ella. De hecho, ya le había confiado algunos proyectos importantes dentro de la Fundación.

La primera cosa de la que tenía que informarla era sobre la seguridad.

—Estoy absolutamente bien, doctora —respondió de inmediato a su pregunta—. Se marchó asustado en cuanto el bote llegó. No creo que regrese, de hecho, más que un auténtico ladrón, parecía un oportunista tratando de llevarse lo primero que pillara. Había docenas de monedas en el ánfora y sólo se llevó una.

—La mejor —señaló bruscamente la doctora Bristow—. Evidentemente sabía lo que estaba haciendo, Isobel. Esa gente puede ser muy peligrosa. No te mezcles de nuevo con él. Es una orden.

—Entiendo.

—No quiero tener que ir a decirle a tu padre que un saqueador te ha cortado el cuello. ¿Qué es lo que ha dicho Antonio Zaccaria?

—Ha hablado con los *carabinieri* y el guardacostas y le han prometido que vigilarán el terreno. También voy a hablar con el duque sobre ello. Parece ser que está de vuelta en el *palazzo* y que vamos a tener una cena formal con él.

—¡Genial! Por favor, envíale recuerdos. Hace varios

años que nos conocimos. Es una maravillosa fuente de información, Isobel. Podrás aprender un montón de ese hombre.

–Me aseguraré de darle recuerdos de tu parte. Mañana sin falta enviaré también, por correo electrónico, las fotografías de las monedas.

–Muy bien. Manténme informada. *Buon appetito!*

Bajo la mirada lánguida de las mujeres semidesnudas de los cuadros de estilo rococó, Isobel se vistió para la cena. Quería lucir lo mejor posible para el duque de Mandala.

Isobel se miró en el espejo. No había ido a Sicilia equipada con un buen cargamento de ropa formal, así que una blusa de seda sin mangas color amatista, una falda negra tendrían y un collar de perlas tendrían que servirle. Al menos la blusa resaltaba el color crema de su piel. Se recogió la melena cobriza en un moño para estilizar su cuello a pesar de que Isobel no era una mujer que necesitara potenciar su altura. En conjunto, estaba satisfecha. El sostén le favorecía y resaltaba el pecho bajo la ajustada blusa. El color amatista de la seda resplandecía al reflejarse en la luz, resaltando el color de su cabello y sus ojos. No necesitaba demasiado maquillaje, simplemente un toque de brillo rosa en sus perfectos y bien contorneados labios y otro toque de colorete en los pómulos para no parecer demasiado pálida. El sonido que avisaba que la cena estaba lista se oyó en todo el *palazzo*. Isobel se abrochó los pendientes de perlas, se puso unas sandalias negras y ya estaba, lista para el rock and roll.

Hasta entonces siempre habían comido en el comedor pequeño que, de hecho, era muy grande. Ninguno de ellos había estado todavía en el gran salón e Isobel sentía curiosidad por saber lo grande que era.

Al reunirse con los otros y mirar a su alrededor, no

pudo evitar emitir un grito ahogado. El gran salón comedor no era mucho más grande que el otro. Era el tamaño de los muebles que lo ocupaban lo que lo hacía, en el más estricto sentido, colosal.

Por el momento estaban los cuatro solos. El anciano aún no se había reunido con ellos. Theo Makarios le dio un codazo al tiempo que, mirando hacia arriba, jugaba nerviosamente con su corbata.

–Siento que voy demasiado arreglada –murmuró ella.

Los tres hombres llevaban traje y corbata y también se les veía muy incómodos con ellos. Theo había elegido una pajarita de lunares rojos que se había puesto torcida. Rápidamente, Isobel lo agarró y se la anudó correctamente.

–Gracias –le susurró.

David Franks agarró un tenedor y se lo mostró a ella.

–¿Crees que es macizo?

Era de oro, y parecía ser del siglo dieciocho, como toda la cubertería expuesta sobre el mantel.

–Naturalmente –contestó ella–. El contenido de esta habitación debe rondar los treinta millones de dólares. ¿Por qué crees que usarían una cubertería barata bañada en oro?

Antonio Zaccaria sonrió. Isobel observaba los maravillosos muebles, las estatuas de mármol, la elaborada carpintería de las sillas... La riqueza de los duques de Mandala era legendaria.

Las dobles puertas al otro lado de la habitación se abrieron y el viejo mayordomo, a quien habían aprendido a llamar Turi, entró en la sala.

–El duque de Mandala –anunció.

Todos apartaron las miradas de los tesoros que estaban examinando y se giraron hacia la puerta, expectantes. Sin embargo, el hombre que hizo su aparición, no era la figura patricia de barba blanca y gafas con montura de carey que les era familiar a todos ellos por las fotografías. Ni siquiera se le parecía.

Aquél era un hombre alto y fornido de no más de treinta y cinco años que, vestido con aquel traje negro de corte impecable, parecía un semidiós. Su rostro, ciertamente el rostro masculino más bello que Isobel jamás había visto, estaba perfectamente rasurado y dibujada una sonrisa de tigre.

—Por favor, disculpen la tardanza —les saludó con una voz ronca y profunda. Su inglés era muy bueno, pero tenía un marcado acento—. Es una mala costumbre que tengo. Espero que hayan estado cómodos durante mi ausencia. *Signor* Zaccaria, ¿cómo está? Seguramente usted es Theoharis Makarios, el famoso numismático.

Theo masculló una modesta respuesta, sonrojándose mientras aquel hombre le estrechaba la mano.

—Lo que quiere decir que usted debe ser David Franks, de la universidad de Harvard —continuó el anfitrión, estrechando con brío la mano de David—. Me gustó mucho su reciente artículo sobre el bronce etrusco. Poseo algunas piezas en bronce que quizá le interese ver.

Finalmente se dirigió hacia Isobel. Ella había estado mirando su actuación estupefacta.

Aquellos vivarachos ojos azules se encontraron con los de Isobel quien, sobresaltada, sintió que el alma se le caía a los pies.

—Así que, por eliminación, usted debe ser la doctora Isobel Roche —le dijo con una perversa sonrisa.

Se inclinó sobre su mano y la acarició suavemente con unos cálidos labios que le resultaban extremadamente familiares.

Familiares porque, sin duda alguna, aquel semidiós impecablemente vestido y afeitado sólo podía ser un hombre. El hombre que le había dado la moneda de oro a cambio de un apasionado beso esa misma mañana. Su Poseidón.

Capítulo 3

CUANDO todos tomaron asiento –a Isobel le tocó sentarse a la derecha de Poseidón– David tartamudeó.

–¿No va el duque a reunirse con nosotros?

–Pero querido amigo, yo soy el duque –contestó cortésmente Poseidón ante su sorpresa–. Ah, ¿estabais esperando a mi abuelo?

–¿Tu abuelo? –replicó Isobel.

Él se giró hacia ella. Su expresión era seria, pero aquellos impresionantes ojos sonreían.

–De nuevo os pido disculpas. Es un error perfectamente comprensible. Mi querido abuelo Ruggiero, duodécimo duque de Mandala, murió hace seis meses. Yo soy Alessandro Massimiliano, el decimotercer duque. Mis amigos me llaman Alessandro.

–¿Así que fuiste tú quien quiso que viniéramos aquí? –dijo Theo.

–Oh, sí. Como os he dicho mi abuelo murió justo antes de Navidad. Un pescador descubrió el naufragio hace tan sólo unas semanas y era bastante urgente empezar a trabajar en el pecio antes de que el mar pueda volver a enterrarlo.

El mayordomo había llenado las copas con champán y ahora él había alzado su copa para hacer un brindis.

–Brindemos a la salud de mi abuelo. Permítanme también añadir que es un gran honor para mí encontrarme entre semejante grupo de expertos arqueólogos.

Todos levantaron las copas y bebieron, pero a medida que las burbujas traspasaban su garganta, en la cabeza de Isobel empezaron a agolparse las ideas.

«Alessandro Mandala».

Por supuesto. Ahora que las greñas y la barba habían desaparecido, ¡qué familiares le resultaban aquellos rasgos!

Alessandro Mandala, traficante de objetos de arte a escala internacional, playboy, bribón, miembro de la jet-set, novio de estrellas del pop y supermodelos, en definitiva, la oveja negra de la familia.

Ella no se atrevía a mirarlo por miedo a que sus ojos la traicionaran y revelaran sus pensamientos.

¡Qué pena que aquel anciano y respetado filántropo hubiera sido reemplazado por aquel rufián! ¡Menudo heredero para semejante personalidad!

«¿No había habido un gran escándalo el año pasado acerca de un torso de mármol que vendió al museo Getty por millones y que resultó ser falso?».

¿Y aquel otro cuando mantuvo una flagrante relación con una cantante de rock diez años menor que él?

Y el escándalo más reciente, en que el Museo Británico mostraba su descontento por unas esculturas que él les había proporcionado y que después habían sido robadas

Isobel cruzó la mirada con David Franks y, al hacerlo, supo que él estaba pensando exactamente lo mismo que ella.

—Pero dígame, doctora Roche —susurró Alessandro Mandala, posando una cálida mano sobre el desnudo hombro de ella—. ¿Cómo va el rescate? ¿Han recuperado ya algunos objetos del naufragio?

Isobel sintió como toda su piel se erizaba. Se contuvo para no mirar aquel precioso rostro. Después de haberse afeitado —ella pudo percibir la fragancia del perfume sobre su piel— si aquella mañana estaba guapo con aquellas barbas de pirata, ahora lo estaba diez veces más ya que parecía un sofisticado aristócrata. Sus cejas eran negras y espesas, su nariz recta, su boca era puro pecado, pasional y erótica.

–Hemos podido recuperar bastantes restos de alfarería –respondió Isobel.

La boca de ella aún estaba seca por la impresión y se humedeció los labios. Los cálidos ojos azules de él captaron el rápido movimiento de su sonrosada lengua. Ella le sonrió.

–Y hoy hemos encontrado un montón de monedas antiguas dentro de una vasija.

–¡Qué fascinante! –sus dedos estaban acariciando su brazo íntimamente–. ¿Había alguna moneda de oro entre ellas? –preguntó inocentemente, ladeando la cabeza.

Isobel casi se ahoga con el champán. Apartó el brazo de los dedos que la acariciaban.

–Pues sí. Una pieza muy bonita con el Poseidón de Siracusa.

–Ah, una de mis monedas favoritas –contestó, resultando petulante–. En la antigüedad, se podían comprar cosas realmente especiales con una de ellas.

Isobel notó cómo el color inflamaba sus mejillas.

–Es una moneda muy valiosa –dijo ella lacónicamente.

–Quizás después de la cena puedas hacerme una visita guiada y mostrarme todos los artefactos que habéis recuperado.

–Si quieres... –dijo entre dientes.

«¡Menudo hipócrita!».

–Tuvimos un intruso esta mañana en el naufragio –dijo Antonio Zaccaria, ajeno a la turbación de Isobel–. Casi se escapa con la moneda de oro, pero la doctora Roche le hizo frente y logró quitársela.

Alessandro arqueó las cejas mostrando sorpresa.

–¡Qué desagradable incidente! Sin duda se trataba de algún *mafioso* local. Deme una descripción de ese villano y veremos lo que se puede hacer para atraparlo.

–No pude verlo muy bien –murmuró ella–. Llevaba el pelo largo y tenía barba.

–Mostró una gran fortaleza, doctora Roche. ¿Cómo consiguió apañárselas para asustarlo de esa manera?

–Simplemente oyó acercarse el barco y se marchó voluntariamente –contestó ella.

–No te hizo ningún daño, ¿verdad?

–No, pero sin duda ha sido una de las experiencias más desagradables de mi vida.

Él asintió.

–La arqueología entraña muchos peligros. Hay que hacer muchos sacrificios para preservar los hallazgos históricos.

A Isobel le dieron ganas de tirarle el champán a la cara. Afortunadamente, Theo Makarios se dirigió al anfitrión.

–Es un comerciante de antigüedades, ¿verdad, señor duque?

–Oh, por favor, llámame Alessandro. Creo que todos deberíamos tutearnos, ¿no creéis? Y sí, para mi desgracia, soy un comerciante de arte.

–Un gran cambio en el negocio familiar –dijo David.

Él era un hombre delgado y sincero que siempre iba de frente.

–Tu abuelo era un gran conservador del pasado. Dedicó su vida a preservar sus tesoros para el disfrute de generaciones venideras. Por el contrario, tú las compras y vendes al mejor postor.

–¿Qué es lo que realmente quieres decir con ese comentario, mi querido David? –susurró Alessandro, bajando la mirada.

–Que tu abuelo no habría aprobado tu elección profesional.

–Pero mi abuelo y yo nos queríamos mucho. Te lo aseguro. No existía tal desaprobación. De hecho, mi trabajo en cierta manera proviene del suyo.

–¿Acaso no es tu trabajo opuesto al suyo? –dijo Theo prudentemente.

Theo era un americano de origen griego natural de

Nueva Jersey y, a pesar de ser más cauteloso, era tan íntegro como David.

Isobel lo animaba en silencio.

«Ve a por él, Theo», pensaba ella.

—Con todos mis respetos, traficar con antigüedades no me parece algo con lo que el duque estuviera de acuerdo.

Alessandro se rió.

—¿Traficar? Queridos amigos, creo que tenéis una idea equivocada de mi trabajo. Yo sólo trato con los museos más prestigiosos. Nunca vendo a coleccionistas privados. No me parece bien que los tesoros vayan a parar a las cámaras acorazadas de los bancos suizos para no volver a ver la luz. Creo de corazón que las cosas bellas deben estar expuestas a los ojos del mundo. He aquí por qué mis clientes son entidades tales como el Museo Metropolitano de Arte, el Museo Británico, el Getty. Cualquier persona que pueda costearse el ticket de entrada al museo puede contemplar los objetos que yo vendo.

Los sirvientes servían discretamente el primer plato un *antipasto* de *frutti di mari*, *calamari*, gambas y langostinos aliñados con zumo de limón.

—Hablando del Getty —dijo Isobel con una voz tan clara como el cristal—. ¿Qué hay del torso que le vendiste el año pasado, duque? ¿Acaso no se cuestiona su autenticidad?

—Es una triste historia —dijo con voz grave.

A pesar de ello, Isobel vio que la pregunta lo había perturbado.

—Un gran museo, una pieza magnífica, algunas personas ajenas a esto siembran la duda... por supuesto la investigación continúa, pero estoy seguro de que su veracidad se confirmará a su debido tiempo. Mi querido abuelo me educó para tener un ojo infalible hacia lo que es auténtico —él la miraba fijamente a los ojos mientras hablaba— y verdaderamente valioso.

Isobel tragó saliva. Sentía las sacudidas de su corazón. Era un granuja, pero realmente sabía cómo flirtear.

–¿Así que mantienes que el torso es auténtico?

–Absolutamente.

–¿Y las esculturas del Museo Británico? Hay gente que dice que han sido robadas –añadió Theo.

–No han sido robadas, sino saqueadas, Theo –afirmó el decimotercer duque de Mandala mientras atacaba su *antipasto* con un tenedor de oro.

–¿Saqueadas?

–Provienen de un país del tercer mundo que actualmente ha perdido el control debido a una prolongada guerra. Este país también es poseedor de grandes riquezas arqueológicas. Las esculturas fueron saqueadas por los soldados de uno de los grandes museos. Afortunadamente, llegaron a mis manos.

–¡La mayoría de los comerciantes de arte ni siquiera osan a tocar ese tipo de cosas! –dijo David, enfurecido.

–Por supuesto que no –contestó Alessandro–. Ése es el problema de este negocio. Hay demasiada hipocresía, demasiada codicia.

–Bueno, me alegro de que estés libre de esos lastres, duque –dijo ella mordazmente.

–¿Detecto ironía en esa suave voz? –sonrió él–. Alguien tiene que hacer el trabajo sucio y tomar las piezas, querida.

–¿Y ese alguien eres tú? –dijo David con desdén.

–Sí, si hay suerte –asintió imperceptiblemente a los sirvientes para que retiraran los platos–. Yo me aseguro de que los objetos lleguen al mercado abierto, como de hecho lo hacen, y encuentren su camino hacia las grandes instituciones. El Museo Británico era consciente de la procedencia de esas esculturas. Ofrecieron darles asilo mientras la guerra continuara en su país de procedencia.

–¿Y cuando la guerra acabe, supongo que serán devueltas? –dijo Isobel.

—Eso no es asunto mío —dijo con desdén—. Yo ya soy feliz con haberlas rescatado de las manos de los avaros coleccionistas privados o de ser pulverizadas por algún misil.

—Y por supuesto sacas tajada en el proceso.

—¿Acaso no te pagan por tu trabajo, Isobel? —le preguntó suavemente—. A veces mi trabajo requiere que me convierta en una especie de agencia de busca y captura de tesoros. Tienes razón al decir que muchos comerciantes de arte no se atreven con estas cosas, pero eso no es por sus valores éticos, querida, eso es porque tienen miedo de empañar su halo.

—No veo que tengas ningún halo sobre tu cabeza —contestó ella.

—Claro que no. Tengo muy mala reputación, pero no me importa lo más mínimo. De hecho, en mi negocio, da cierta ventaja el que piensen que eres un sinvergüenza. Es la tarjeta de presentación perfecta para negociar con algunos comerciantes —le sonrió con picardía. Isobel nunca había visto una dentadura más perfecta—. Y no siempre saco beneficios. En ocasiones mi virtud es la única recompensa.

La llegada del plato principal, un delicioso asado, se anticipó a la respuesta de ella. Alessandro lo trinchó con gran destreza haciendo que el cuchillo se deslizara a través de la jugosa carne.

—Ya veis —continuó—. Si no hago que esos tesoros acaben en las instituciones más importantes del mundo, desaparecerían para siempre. Las piezas del Museo Británico, por ejemplo, están exquisitamente esculpidas en mármol, un material muy frágil. Los soldados que las vendieron tuvieron la genial idea de romperlas en pedazos y vender los fragmentos poco a poco. Una cabeza aquí, un brazo allá ¿entendéis? De esa forma esperaban duplicar su inversión. Tuve que disuadirles de ello para asegurarme que todas las piezas llegaran al museo intactas. ¿Acaso no creéis que la historia debería darme las gracias por ello?

–¿Es eso cierto? –preguntó David.

–Absolutamente –dijo Alessandro suavemente a medida que servía la carne en los platos de Sèvres–. Y créeme, tengo mejores historias que ésa.

Mientras procedía, Isobel permaneció sentada en silencio y tuvo que escuchar dos historias más. Dos relatos en el que él se alzaba como el héroe indiscutible capaz de evitar transacciones con saqueadores o contrabandistas internacionales. Mientras tanto ellos tres, lo miraban con los ojos abiertos creyéndose todo lo que les contaba.

¿Podían ser sus compañeros tan idiotas? ¿Acaso nadie iba a cuestionar aquellas historias tan ridículas? Isobel no podía soportarlo por más tiempo.

–¿Y qué papel juega tu conciencia en todo esto? –le preguntó con frialdad–. ¿Acaso no te importa con quien haces negocios?

Él se giró hacia ella y sus ojos azules encontraron su mirada.

–Ni lo más mínimo –le dijo, dedicándole una sonrisa–. Creo que el fin justifica siempre los medios. Una sola acción vale más que todas las buenas intenciones. Veo que niegas con la cabeza. ¿Acaso no estás de acuerdo?

–Naturalmente que no. Si no tienes sentido moral de la ética, no eres más que un vulgar ladrón.

–Me han llamado cosas peores –le dijo sin inmutarse–. Pero simplemente te quedas con la teoría, mi querida Isobel. Déjame darte un ejemplo real. Un hombre te llama para decirte que ha estado con los miembros de una tribu de la guerrilla de un área lejana de un país azotado por la guerra. Mientras estaba escondido en una cueva, los guerrilleros han saqueado un alijo de manuscritos con miles de años de antigüedad y gran valor histórico. Esos hombres están ansiosos por vender los manuscritos. Él dice una cantidad. Resulta que tú sabes de un museo de renombre internacional dispuesto a pagar ese precio por ellos. ¿Qué harías?

—Marcharme, por supuesto —dijo sin dudarlo un momento.

—¿Y salvar tu alma?

—Y salvar mi alma.

—¿De verdad? Pero imagínate que si sabes que te marchas, los manuscritos serán inmediatamente vendidos a un mercader sin escrúpulos, un hombre que sería capaz de cortarlos en pedazos para poder vender las páginas sueltas. Nadie podría conocer jamás su significado. Un pedazo de historia se perdería para siempre. ¿Habrías salvado tu alma realmente o te hubieras condenado?

—Pero mientras haya hombres como tú, las obras de arte seguirán siendo saqueadas —añadió David Franks.

—Eso ya no tiene remedio —dijo Alessandro con una sonrisa—. Saquear forma parte de la condición humana. Sé perfectamente que si alguien me mete una bala en la cabeza, y no hace mucho que lo han intentado, en el tráfico de obras de arte no cambiaría lo más mínimo. Lo que sí podría variar sería el número de obras de arte que acabaran en las manos adecuadas.

—¿Cuánto tiempo vas a quedarte aquí? —preguntó Isobel bruscamente.

Aquello pareció hacerle gracia.

—Es aquí donde vivo. Ésta es mi casa.

—¿Así que no planeas salir en misión de rescate en un futuro próximo?

—No, a menos que el deber me llame. Estoy deseando ver cómo progresa vuestro trabajo en el barco hundido.

La mandíbula de Isobel se puso tensa. ¡Menudo panorama!

—¿Todos conocéis bien Sicilia? —preguntó Alessandro.

—Theo y yo hemos estado muchas veces aquí en varios rescates, pero para Isobel es la primera visita —respondió David.

–¿De verdad? –dijo, arqueando las cejas–. Espero que tengas la oportunidad de visitar nuestros incomparables tesoros. Agrigento, Siracusa, los magníficos templos de Selinunte y Segesta...

–Estoy familiarizada con esos lugares a nivel teórico –respondió ella hoscamente–. Espero poder hacer algunas visitas antes de regresar a Nueva York, pero ahora mismo tenemos muchísimo trabajo que hacer.

–Mi querida Isobel –dijo persuasivamente–, nadie puede entender un sitio como Segesta a nivel teórico. Tienes que ir allí para poder comprenderlo. Será todo un honor para mí poder escoltarte hasta allí tan pronto como tengas un hueco en tu apretada agenda.

La conversación cambió hacia temas menos controvertidos y la cena se convirtió en una animada charla excepto por Isobel, que casi no podía probar bocado por la bola de ira que tenía en el estómago. Ella ya había probado la moralidad del duque de Mandala por la mañana.

Él había podido decirle quién era mientras estaban en el naufragio. Sin embargo, había preferido burlarse de ella, asustarla y obligarla a pagar el precio que le había exigido por la moneda. ¡Menuda broma! Y ahora ahí estaba él, engatusando a sus compañeros con helado y licores. Su anfitrión les había sugerido ir a la terraza a fumar unos puros y tomar un coñac. Oferta que los hombres siempre están dispuestos a aceptar.

Isobel se levantó de repente.

–No quiero que el pelo me huela a humo de puro. Además, ha sido un día muy largo. Espero que todos me excuséis si me voy a la cama temprano.

–¡Pero qué desconsuelo! La luna se esconde y la noche nos priva de toda inspiración –dijo Alessandro con la mano en el corazón.

–Como he dicho, ha sido un día muy duro –respondió ella con frialdad.

–¿Puedo pedirte un favor antes de que te vayas? –le

dijo mientras se levantaba–. Enséñame los artefactos que habéis recuperado del naufragio.

–Yo...

–A los caballeros no les molesta –susurró–. Id a la terraza, amigos míos. Turi os servirá los coñacs y os ofrecerá los puros. Me reuniré con vosotros en un momento. Debo ver esos tesoros antes de que las estrellas se pongan y la oscuridad se haga por completo.

Isobel apretaba la mandíbula tan fuerte que probablemente estaba haciendo daño a sus dientes, pero no había manera de poder negarse a semejante petición de su anfitrión delante de sus compañeros.

Mientras bajaban juntos por la escalera de mármol él tuvo la osadía de agarrarla del brazo como di fueran viejos amigos.

–Suéltame –le dijo, intentando soltarse de su brazo–. ¿Cómo te atreves a tocarme?

–Estas escaleras son muy traicioneras –murmuró, indiferente–. En mil setecientos ochenta y tres, la tercera duquesa Mandala resbaló por ellas rompiéndose el cuello. Hay una estatua de ella en la sala de billar. Se dice que derrama lágrimas en el aniversario de su muerte.

–Muy gracioso –dijo bruscamente–. Esta mañana, sabía que eras tú.

–Y yo sabía que eras tú –respondió él con facilidad.

–¿Por qué no me dijiste quién eras en vez de burlarte de mí?

–Me sacaste del agua arrastrándome de la barba –le recordó–. No hubo oportunidad de presentarse.

–Sí, pero ¿qué ha pasado con la barba y el pelo largo?

–Es una larga historia.

–Ya nos has contado muchas esta noche.

Él se rió.

–Cuando me viste esta mañana acababa de regresar de... bueno, un viaje de negocios, por llamarlo de alguna forma.

–¿Un qué?

–He pasado una temporada en un país donde todos los hombres llevan el pelo y la barba largos. Era necesario para pasar desapercibido.

–¿Para poder robar piezas de arte de valor incalculable?

–Os he dicho que los manuscritos son vitales para dar luz a la investigación y desarrollo de una nueva religión.

–Así quc se supone que es una historia verdadera.

–Por supuesto, oh, luna que alumbra mi noche.

–¡No me llames esas cosas! – le exigió–. ¿Fue allí donde intentaron dispararte?

–Tuve una pistola apuntándome a la cabeza durante tres días mientras discutían si ejecutarme o no.

A pesar de querer evitarlo, Isobel se echó las manos a la boca.

–¡Oh, Dios mío!

–No todos los miembros de la guerrilla querían vender los manuscritos. Había una facción que estaba decidida a quemarlos porque habían sido escritos por gente que no compartía su religión.

–¿Arriesgaste tu vida por dinero?

–En absoluto, querida. Arriesgo mi vida para preservar los hallazgos históricos.

Ella se giró hacia él. Sus ojos resplandecían un color verde fuego y su boca dibujaba una sonrosada curva que incitaba a la pasión.

–¡Por favor! No creas que me impresionas. Tampoco lo hacen tus historias. Todas son mentira. No eres ni la mitad de hombre que lo era tu abuelo. Estas rodeado de riquezas, pero aún así sientes la necesidad de robar más. No te mereces todo esto.

–Quizá no –dijo con calma–. Pero estás siendo una mojigata, sirena mía.

–¡No soy una mojigata!

–Eres una mojigata y una ingenua. Crees que todo lo que ves a tu alrededor es riqueza. Pues no lo es. Un Ru-

bens colgado en la pared no genera ni un centavo de be-
neficio. De hecho, cuesta una fortuna mantenerlo.
¿Cuánto crees que cuesta mantener un sitio como éste?

Isobel permanecía en silencio.

–Mi abuelo murió convencido de que era un hombre
rico, pero yo tuve que empezar a trabajar a los diecisiete
años para que no lo perdiéramos todo, Isobel. Me llevó
diez años de duro trabajo el poder pagar todas sus deu-
das y otros diez el recuperar la fortuna de la familia.

Él le dedicó una sutil sonrisa. Habían llegado al sótano y Alessandro estaba encendiendo las lámparas para
iluminar la estancia.

–Ahora, por favor, enséñame el botín.

–No hay nada que pueda impresionar a un hombre
con tus gustos. Esto es todo lo que hay: estas ánforas
que ves aquí, el trozo de un ancla y, por supuesto, las
monedas.

–Sí, las monedas –miró a los recipientes de plástico–. ¿En qué están sumergidas?

–Es una fórmula secreta de Theo. No sé de qué está
compuesta.

Alessandro agarró unas tenazas de plástico.

–Aquí está –dijo, sacando la moneda de oro de Poseidón.

La lavó bajo el grifo y la secó cuidadosamente. Bri-
llaba a la luz.

–El viejo y su tridente.

Isobel sabía que se había puesto roja otra vez. La
piel pálida y el pelo cobrizo son muy vulnerables a los
cambios de temperatura, y ahora ella estaba realmente
sofocada.

–De todas formas, ¿qué estabas haciendo en el naufragio? ¿Robar en tu propio terreno?

–Casi –dijo mientras estudiaba la moneda–. Es magnífica, ¿no crees?

–Hay monedas más importantes.

–No para mí –contestó él–. Para mí, ésta siempre

será la moneda más importante del mundo porque hoy me proporcionó la experiencia más bonita de mi vida.

–¿Es que nunca te rindes? ¿No ves que no me gustas? ¿Por qué te empeñas en seguir flirteando?

–Pero te gustó que te besara –le dijo suavemente mientras la miraba directamente a los ojos–. ¿O es que para ti no ha sido algo inolvidable?

–Te dije que fue muy desagradable.

–¿Quieres que te diga cómo te sentiste en mis brazos? –le preguntó–. Te veías mucho más maravillosa de que lo puedo contarte. Vibrante, viva, dinámica.

–Tienes suerte de que no te haya sacado los ojos –dijo, tratando de recuperar el aliento. El corazón le latía con fuerza.

–Y tu boca era dulce y apasionada a la vez –continuó diciendo Alessandro–. Pude sentir cómo te excitabas entre mis brazos.

–¡Basta! –dijo Isobel con la voz rota por la tensión.

–Así es como se supone que tiene que ser, Isobel. Tienes que dejarte llevar por el momento. No puedes vivir siempre dentro de una urna de hielo.

–¡No sabes nada sobre mí! –le gritó–. ¿Cómo te atreves a juzgarme?

–Si hicieras lo que quisieras, nadie diría nada –le contestó con los ojos brillando como zafiros a medida que se acercaba a ella.

–Si hicieras lo que quisieras...

–Si yo hiciera lo que quisiera, tu serías mía –dijo suavemente, agarrándola.

–No me toques.

Isobel dejó escapar un pequeño grito mientras él la estrechaba entre sus brazos. Para haberle hecho desistir en su idea debería haber sido una protesta más fuerte, pero, sin embargo, aquello fue más bien un leve quejido. Un quejido que fue ahogado cuando la boca de él empezó a besarla.

Sus piernas parecían estar tan débiles que tuvo que

agarrarse a él para mantenerse de pie. ¿Qué demonios le sucedía? ¿Podía el odio convertirse en lujuria? ¿Acaso la aversión que sentía por aquel hombre la excitaba de tal forma que la hacía responder de forma insensata?

Él pensaba que ella era una mojigata y ella creía que él era un sinvergüenza, pero nunca había soñado que pudiera sentirse así con ningún hombre. Aquella pasión podía hacer que prendiera en llamas como si una cerilla se pusiera en contacto con gasolina. Aquello no era amor, tampoco lujuria. Era pasión pura y dura. Una fuerza elemental, explosiva y peligrosa.

Isobel quería que él le hiciera lo que le había hecho sentir esa mañana, pero esta vez no sólo con un beso. Quería que él le hiciera el amor, aquí y ahora. Ella sentía cómo sus pezones traspasaban su ropa. Era tan grande su excitación que sintió cómo su cuerpo se veía inundado por el ardiente y húmedo deseo.

Presa del pánico, luchó para escapar de él.

–¡Te he dicho que no me tocaras! !Maldito seas! ¿Siempre consigues todo lo que quieres?

–Hay muy pocas cosas en la vida que de verdad deseo.

Isobel podía ver que su respiración también era agitada. Sus ojos eran de un llameante color azul.

–Y te quiero a ti, Isobel. Te quiero de una manera tan intensa que podría cometer cualquier locura para poseerte.

–¡No te acerques a mí! –le dijo alejándose de él–. No estamos en el mismo barco, Alessandro. Quizá tu creas que lo estamos, pero no es así, no te engañes. Simplemente mantente en tu sitio que yo estaré en el mío. Cuando todo acabe no volveremos a venos nunca más.

Isobel se dio la vuelta y se marchó corriendo tan deprisa como le permitieron sus sandalias.

Capítulo 4

OS CREÍSTEIS esa historia acerca de los manuscritos? –preguntó David mientras enjuagaba sus gafas de bucear.

–¿Alessandro Mandala, un filántropo? –sonrió Theo–. Supongo que con ese tipo, todo es posible. Nunca me he llevado mayor sorpresa en mi vida que cuando le vi aparecer en el salón. ¿Por qué nadie nos dijo que el duque había muerto?

–Probablemente lo mantiene en secreto a propósito para que nadie sepa que es un usurpador–dijo Isobel, haciendo una mueca.

–No le soportas, ¿verdad?

–Es el enemigo. Representa todo aquello contra lo que nosotros tenemos que luchar.

David se rió.

–Bueno, yo no iría tan lejos, Isobel. Muchas de las cosas que nos contó anoche tienen sentido. Alguien tiene que encargarse de rescatar la mercancía ilegal. Al menos le gustan las cosas que vende y trata de protegerlas. Todos sabemos cuál sería la otra alternativa.

–Las hienas tienen su sitio en el espacio natural, pero eso no significa que yo tenga que mezclarme con ellas.

–Bueno, a mí me parece que es el hombre más interesante que he conocido en mucho tiempo. Anoche, después de que te marcharas a la cama, nos estuvo contando algunos de sus proyectos más recientes –dijo David.

–¿Más historias al estilo Indiana Jones?

–Te digo una cosa Isobel, Alessandro entiende de arte antiguo. Y tampoco es que le falte coraje.

–¡Ni cara dura!

–Estoy de acuerdo con David –dijo Antonio Zaccaria con voz tranquila–. Mandala puede no ser convencional, pero está haciendo grandes cosas por la arqueológica. Y algunas veces arriesgando su propia vida.

Isobel agitó su rojiza cabellera. Aquello era Sicilia, y tal y como Antonio había dicho ayer, las cosas allí eran diferentes.

–Algún día, uno de sus tratos no saldrá bien y alguien le meterá una bala en su arrogante cabeza.

–Isobel, sé que eres el jefe de equipo, que eres doctora en Arqueología y todo lo demás, pero Theo y yo creemos que tu antagonismo hacia Alessandro no es beneficioso. Y sé que Antonio también está de acuerdo. Estamos aquí porque Alessandro nos invitó a venir, nos allanó el terreno en el departamento de Antonio y además es nuestro anfitrión. Creo que son tres buenas razones para llevarse bien con él.

Ella se mordió los labios. No podía contarles nada acerca de su primer encuentro con Alessandro ni lo que había pasado la noche anterior.

–Es que me saca de mis casillas.

–Por favor, Isobel, sé profesional. Por el bien de todo el proyecto, sé agradable con él –le dijo Theo amablemente.

–E intenta acercarte a él. Dale al menos el beneplácito de la duda –añadió David.

Theo asintió.

–Anoche fuiste bastante dura con él. Hoy dile algo agradable, ¿vale?

–Vale –dijo con expresión de derrota–. Prometo ser agradable con él.

–Genial. Aquí están las cubetas.

Las cuerdas del barco se izaban mostrando unas cubetas, de hecho, unas plataformas de malla de acero en las que habían cargado los hallazgos de la mañana.

Ahora salían a la superficie. Emocionados, subieron las cosas a bordo.

–¡Nunca he visto un sitio como éste! –exclamó David –. No paran de aparecer cosas. Y cada vez son mejores.

Con cuidado, agarró un ánfora para que los demás la vieran.

–¡Mirad esto! Este diseño en particular es muy bonito y poco común. Sin duda, lo meteré en la categoría B.

Formaba parte de su acuerdo con el departamento de Beni Culturali el que se llevarían una selección de artefactos a Nueva York para una exposición temporal en el museo de la Fundación Berger situado en Park Avenue. Aquellos objetos entraban en la categoría B para su posterior discusión.

–Más bronce –informó Theo, mostrándoles una caja con objetos de color verde por la corrosión–. Creo que deben de ser piezas del barco. Algún tipo de cornamusa para atar amarras. Lo sabré mejor cuando las haya limpiado.

El ruido de un barco se interpuso en su animada discusión. Isobel se giró. Una brillante lancha blanca se dirigía hacia ellos. Isobel enseguida reconoció aquel juguete caro que había estado amarrado en el cobertizo del *palazzo* al lado de su bote. Y también sabía perfectamente a quién vería al timón.

–Buenos días –les dijo Alessandro al acercarse a ellos. Había reducido la velocidad para no sacudir su bote.

Su espléndido torso estaba desnudo, expuesto al sol. De hecho, sólo llevaba unas bermudas. Isobel vio el pulpo grabado en uno de sus musculosos hombros. Toda una insignia para un hombre que alcanzaba todo lo que se proponía.

Se apoyó en la barandilla, sonriéndoles.

–¿Ha habido suerte?

–¡Mira! –David alzó el ánfora para que Alessandro la viera.

–Maravilloso –contestó Alessandro–. No se ven muchas con esa forma. Buenos días, Isobel, ¿alguna visita más de algún bandolero?

–Gracias a Dios, no –respondió ella tajantemente.

–Me alivia mucho oír eso. ¿Ya habéis terminado por esta mañana?

–Sólo tenemos que llevar estas cosas de vuelta al *palazzo* y sumergirlas en la solución –contestó David–. Luego tenemos que catalogarlas.

–Me dirijo hacia la costa de Selinunte. Hay una maravillosa vista del templo desde el mar. Hay espacio para un pasajero más. Sería un honor para mí mostrarte por primera vez el templo de Selinunte, doctora Roche.

Isobel abrió la boca para expresar su negativa cuando sintió que David le daba un codazo.

–Recuerda lo que has prometido –murmuró él rápidamente.

Theo también agitó su cabeza para incitarla a ir.

–Me encantaría –se oyó decir con voz áspera.

Sus tres compañeros le recompensaron con la mejor de sus sonrisas.

–Sube a bordo –le ordenó Alessandro.

Rechinando los dientes, Isobel agarró su sombrero, las gafas de sol y el bolso y permitió que Alessandro la agarrara de la cintura. Ella puso el pie en la escalera cromada. Con una fuerza apabullante, él la levantó para ponerla en la brillante cubierta de madera de caoba de su lancha.

–Todo sea por la causa –murmuró ella.

–¿Perdón? –preguntó él.

–Nada –respondió ella.

Alessandro se despidió y condujo la lancha lejos de allí, incrementando la velocidad del motor una vez estuvieron a una distancia prudencial. El ruido del motor era cada vez mayor y la lancha, tan angulosa y blanca como los dientes de un tigre, cortaban las aguas azules del Mediterráneo mientras la llevaba lejos.

La costa hacia la cual se dirigían era rocosa y abrupta y estaba llena de chumberas y altos cipreses. El mar era de un profundo azul marino y hacía tanto calor que sentir la brisa agitar su pelo era delicioso.

La lancha de Alessandro era el juguete de un millonario. Estaba tapizada en cuero blanco y tenía dos enormes motores en la popa, sin duda, capaces de propulsarles como si fuera un misil. Bajo la escalera de cámara Isobel podía ver que la cubierta inferior estaba lujosamente equipada. Seguramente en el camarote habría colgadas obras maestras.

—Así que, ¿en esto es en lo que te gastas el dinero? —le dijo, acercándose hacia él, que se encontraba al timón.

Él sonrió.

—Es bonita, ¿verdad? Pero el lujo no lo es todo. A veces es una herramienta muy útil para el comercio.

—Por favor, no me cuentes más. Puedo imaginarme el escenario.

—No pensé que aceptarías mi invitación. ¿Has decidido darme una tregua?

—Mis compañeros piensan que soy muy dura contigo y me han pedido ser más diplomática.

—Ya veo. Así que ése es el significado del comentario que hiciste al subir a bordo. ¿Estás aquí por el bien de la causa?

—Estoy aquí para ver el templo de Selinunte —respondió ella—. Tal y como me prometiste.

Sus manos sujetaban con fuerza el timón de la lancha.

—Anoche...

—No quiero hablar de eso —le interrumpió ella—. Prefiero olvidarlo todo.

–¿Aún sigues intentando mantenerlo todo a un nivel teórico? –dijo irónicamente–. Me pregunto cuándo vas a darte cuenta de que la vida pasa mientras tú te ocupas en hacer planes.

–Alessandro, hablas como si me conocieras, pero, hasta ayer, nunca me habías visto antes y creo que estás haciendo muchas suposiciones infundadas.

–¿Ah, sí? Para que lo sepas, querida, hay un montón de cosas que sé sobre ti.

–¿Cómo qué?

–Eres la doctora más joven que jamás haya sido miembro de la Fundación Berger. A la tierna edad de veintisiete años ya eres toda una autoridad en escultura griega. Bella, inaccesible y formidablemente inteligente es la opinión general que se tiene de ti.

–¿Y eso es lo que sabes sobre mí?

–También sé que te llaman princesa de hielo –sonrió–. ¿No es así?

Ella frunció el ceño.

–¿Cómo sabes eso?

–Es un sobrenombre que te has ganado no sólo por tus fríos comentarios en cuestiones arqueológicas, sino por el diminuto número de relaciones personales que has mantenido a lo largo de tu vida. De hecho, has tenido tres tristes novios en tres años. Tu última conquista, Michael Wilensky, un agradable pero inexperto joven banquero, se queja ahora con todos sus amigos de que eres una mujer de hielo.

Isobel se giró hacia él.

–¿Cómo sabes todo eso? ¿Has estado hablando con Michael? ¿Realmente dice eso de mí? –le preguntó con los ojos encendidos.

–Como te he dicho, es inexperto.

–No me creo nada. Has estado investigando para averiguar lo que se cotillea de mí.

–El mundo de la arqueología es muy pequeño –dijo, encogiéndose de hombros–. Ya sabes cómo es la gente.

–La gente se debería meter en sus propios asuntos.

Él soltó una carcajada.

–Para alguien que se gana la vida excavando y recopilando información sobre extraños, estás bastante sensible.

–¿Y qué otras cosas sabes? –preguntó, mirando fijamente su bello perfil a la vez que temía la respuesta.

–Bueno, no es precisamente cierto que ayer fuera la primera vez que te viera –dijo él.

–Me habría acordado de ti, Alessandro.

–Es que no llegamos a encontrarnos. De hecho, tú mantuviste la vista al frente durante todo el tiempo. Fue en Londres, hace unos cuantos meses. En una subasta de antigüedades en Christie's.

–¿Estabas allí?

–Estaba sentado en el otro lado de la sala de subastas. Tú pujaste por cuatro objetos.

Isobel asintió.

–Tenía instrucciones de comprar algunas piezas de bronce romanas para el museo, pero las apuestas subieron mucho.

–Pero tú ni te inmutaste –dijo él suavemente–. No hiciste ni un solo movimiento que revelara lo nerviosa que estabas. Simplemente permaneciste allí sentada, mirando al frente con esos maravillosos ojos verdes. Te estuve observando durante dos horas. Eras la mujer más elegante de la sala. Entonces supe que eras la mujer más bella que jamás había visto.

–Estás loco –dijo con voz poco convincente al tiempo que sus mejillas se sonrojaban.

–Probablemente. Toma el timón.

Sus manos fuertes agarraron las suyas y la posicionaron frente al timón.

–¡No sé cómo manejar esto! –chilló, agarrando los mandos con manos sudorosas.

El menor movimiento en falso haría que la veloz lancha cambiara inmediatamente de dirección.

—Simplemente no te acerques a nada sólido —le advirtió él mientras abría un armario y sacaba de él una cubitera de plata en la que introdujo una botella de champán.

—Tengo la garganta seca de tanto hablar.

Ella gobernaba la lancha con nerviosismo mientras que él descorchaba la botella y llenaba dos copas con champán.

—Por favor, controla tú la lancha ahora —le rogó.

—Bien hecho —le dijo sonriendo mientras tomaba el timón de manos de ella—. Esto es por nosotros.

Ella se tomó el champán de un trago.

—Prefiero que seas tú quien lleve la lancha.

—Alguien tiene que estar al mando y ése bien puedo ser yo. Llegaremos muy pronto.

A pesar de querer evitarlo, sus ojos deambulaban por aquel glorioso cuerpo en el que los músculos se tensaban cada vez que hacía un movimiento. Su mirada se posó en el pulpo de encima de su hombro.

—¿Por qué un pulpo? —preguntó ella con curiosidad.

—Amo el mar y todo lo relacionado con él —contestó—. El pulpo es la criatura más inteligente que ha evolucionado en el mar, ¿sabes por qué?

—Porque una vez atrapa lo que quiere no lo deja escapar nunca.

—Veo que pillas la idea.

—Me dan miedo.

—A mí no. Me parecen muy bonitos. ¿Ves aquel cabo de allí? Es Selinunte.

Isobel miró fijamente a la línea azul añil que bordeaba la costa. A medida que se acercaban pudo ver una colina en cuya cima se esbozaba inequívocamente un templo griego. Era una vista impresionante. Instintivamente, Isobel se acercó a Alessandro a medida que la vista era más cercana. Él echó un brazo por encima de los hombros de ella.

—Así es como los antiguos griegos debían verlo

desde sus barcos –dijo él, haciendo eco de los pensamientos de Isobel.

Alessandro apagó el motor para que la lancha se meciera suavemente sobre las olas. Mientras ella contemplaba aquella mágica vista, le parecía sentirse como una doncella de antaño aproximándose a un lugar sagrado con el fuerte brazo de su amado alrededor suyo.

Aquél era un momento mágico. Una tarde de verano en la que el mundo parecía estar plácidamente dormido. Alessandro echó el ancla y la lancha se dejó arrastrar suavemente por la cuerda que sujetaba el ancla. Ahora, tenían todo el ancho mar para ellos solos.

Después que hubiera recreado su vista en el lejano templo, Isobel se volvió hacia el rostro de Alessandro.

–Gracias por haberme traído aquí. Realmente es un lugar maravilloso. Yo sólo...

Sin apenas darse cuenta, Isobel había apoyado la palma de la mano sobre el pecho de Alessandro. Bajo el calor de sus firmes músculos, percibió que el corazón de él galopaba como un caballo desbocado. Reconocer que era ella quien le causaba aquella reacción hizo que se le secara la boca.

–¿Tú sólo ibas a...? –le preguntó suavemente.

–Tu corazón late tan fuerte –susurró ella, perdiéndose en la inmensidad de aquellos ojos azules.

–Es por tu tacto –contestó él–. Pero, dime, ¿qué ibas a decir?

–Sólo que he tenido la extraña sensación de que no estábamos aquí –tartamudeó–. Bueno sí, pero no éramos nosotros. No ahora, sino hace mucho tiempo. En una vida pasada.

–¿Y ha sido agradable esa sensación?

–Sí –un mechón de su cobrizo cabello le caía por la sien–. Sé que vas a reírte, pero...

–¿Pero?

–Es algo que solía soñar cuando era pequeña. Me imaginaba que era una princesa antigua y que iba en un barco con mi príncipe. Él era alto, moreno y guapo. Y justo ahora he recordado aquel sueño. Ha sido una sensación muy extraña. Como un *déjà vu*.

Ella se rió avergonzada y retiró la palma de la mano de su pecho. La piel de él la había abrasado.

–¡Qué tonta soy! Estoy segura de que tiene que haber alguna explicación psicológica para ello.

Alessandro agarró su mano y la puso de vuelta donde había estado.

–Hay una explicación. Pero no hay que temerla. Eso son fantasías, Isobel. Todo el mundo debe tenerlas porque nos muestran donde encontrar la felicidad.

Él se acercó aún más a ella, de tal forma que la desnuda piel de su vientre, llena de suave pelo rizado, le hacía cosquillas.

–¿Cuándo vas a deshacerte de todas esas fantasías, querida? ¿Cuándo cesarás de esperar a que se hagan realidad?

–Lo hice hace mucho tiempo –dijo con voz rota.

–Entonces todo lo que tienes que encontrar es la llave –le susurró, acercando el cuerpo de ella contra sí.

Él se inclinó para besarla en el hombro, justo donde se encontraba con la curvatura de su cuello. Isobel se estremeció por aquella caricia tan erótica, haciendo que entrecerrara los ojos. Aquél era el hombre más persuasivo que jamás había conocido. Él era su príncipe. El hombre guapo y moreno que había hecho realidad el sueño de su infancia.

Ahora que la besaba en la garganta y sus manos acariciaban la curva de sus pechos, Isobel tenía la sensación de ahogarse en su propio deseo. Tenía razón, había dejado de soñar hacía mucho tiempo, cuando su padre volvió a casarse y Gertrude apareció en su vida. Nadie había sabido nunca dónde habían ido a parar aquellos sueños. Nadie jamás había intentado encontrarlos. Excepto Alessandro.

Su boca se derretía en la de él en un beso tan dulce,

tan pasional, que gimió en voz alta. ¿Era el champán o el suave balanceo del barco lo que la hacía sentir tan mareada? Ella se arrojó hacia él, gimoteando. Mientras no paraba de decir su nombre, Alessandro la besó en la cara, las pestañas, las sienes, la garganta, los labios.

La lengua de él tocaba la suya con una aterciopelada caricia a la que ella respondió apretando sus caderas contra él. Su mano se deslizó bajo su blusa y la acarició con manos deliciosamente expertas. El deseo había hecho de su vientre un horno. Ella succionaba su lengua sin ningún pudor, presionando su pecho contra él, deslizando sus dedos por su cuello y sus musculosos hombros. Isobel sabía que nada de lo que había experimentado antes tenía que ver con aquello.

—Ven abajo —le ordenó con voz ronca, entrelazando sus dedos con los de ella.

El corazón de Isobel latía con fuerza mientras le acompañaba hacia el camarote. Ella lanzó una última mirada al mar, al lejano templo griego entre la bruma. ¿Hacia qué cielo o infierno se dirigía?

Capítulo 5

NO HABÍA obras maestras en el camarote. La única obra de arte, expuesta en una hornacina de cristal encima de la inmensa cama, era una fabulosa vasija ateniense que seguramente pertenecía a un museo.

—Tengo algo que decirte —tartamudeó Isobel, dirigiéndose a Alessandro.

Él cerró la puerta con llave y le sonrió con ojos ardientes.

—¿Qué, mi amor?

—No soy muy buena en esto.

—¿No eres muy buena en qué?

—¡En esto! —dijo Isobel con voz agitada—. Idilios, relaciones íntimas. Llámalo como quieras.

—¿Estás hablando de sexo? —preguntó él suavemente.

—Eso también —dijo ella torpemente—. No soy muy buena en ninguna de esas cosas. Nunca lo he sido. Simplemente no quiero que te lleves una decepción conmigo.

La expresión de Alessandro cambió. Él se acercó a ella y le acarició su melena cobriza.

—No me llevaré ninguna decepción contigo, Isobel. Ni tú conmigo. Quizá si dejas de pensar y hablar podamos saber lo bien que se te da esto.

—¡Oh, por favor, no pares de hablar! —le rogó ella—. Háblame, Alessandro. Estoy tan nerviosa.

Él tomó sus manos y vio cómo sus dedos temblaban.

—Querida —murmuró él, besándola en los labios con dulzura—. ¿Confías en mí?

—Sí —contestó ella contra la boca de él.

Isobel pudo sentir cómo sus dedos desabrochaban los botones de su blusa. Su piel se estremecía con el tacto. Le quitó la blusa y después desabrochó lentamente la hebilla de sus pantalones cortos. Ella llevaba su bikini blanco bajo la ropa. Los labios de él acariciaron los suyos pausadamente, una y otra vez, mientras que él desanudaba la parte superior del bikini y lo dejaba caer. Después, él llevó sus dedos hasta el elástico de las braguitas de su bikini y las deslizó por las curvas de sus caderas.

Isobel sacó las piernas de las braguitas de su bikini. Ahora estaba completamente desnuda, temblando, atrapada entre la pasión y el loco deseo de salir huyendo. Isobel elevó los brazos para rodear con ellos el cuello de Alessandro. Sus pechos desnudos hacían presión contra el torso desnudo de él. Ella le oyó gemir de deseo, ronroneando como un gato grande.

—Eres tan bella —susurró él, estrechándola contra sí—. La mujer más bella que he visto jamás.

Ella le besó en la garganta.

—Tú también lo eres. Y tan fuerte. Justo como sabía que serías —dijo ella.

—Ven, amor. Échate aquí conmigo —le sonrió con los ojos.

Tímidamente, ella se recostó boca abajo al lado suyo. Alessandro acarició su espalda desnuda suavemente. Las palmas de sus manos dibujaban elegantes líneas sobre su espalda y su trasero.

—¡Eres preciosa!

Él empezó a besar la curva de su trasero. Sus besos eran tremendamente sexys y caían en su desnuda piel como pétalos de fuego lanzados hacia donde ella era más sensible.

—Por favor, no pares de hablar —susurró ella mientras sus dedos agarraban apasionadamente las sábanas.

—¿Quieres que te diga lo que sentí al verte en la sala de subastas en Londres?

–¿Qué sentiste?

–Sentí que me volvería loco si no pudiera poseerte.

Alessandro retiró la espesa melena de los hombros para poder besarla en el cuello y la delicada piel detrás de las orejas.

–¿Por qué no me hablaste?

–Lo habría hecho –le dijo, besándola en la comisura de los labios–. Pero tan pronto como terminó la subasta un hombre vino reclamándote.

Isobel cerró los ojos.

–Ése era Michael. No hables de él.

Isobel se dio la vuelta de forma que su desnudez quedaba expuesta ante sus ojos.

–¡Dios! ¡Eres tan bonita!

Todo su ser estaba centrado en sus ojos, su boca, las curvas de su pecho de marfil con aquellos rosados pezones... Ella condujo la cabeza de él hacia su pecho y gritó su nombre suavemente al sentir cómo él succionaba suavemente uno de sus pezones y después lo hacía con más pasión, también con el otro.

El peso de su poderoso cuerpo sobre el de ella la hizo prisionera.

Nunca antes había sido así. No con Michael ni con ningún otro de los tres hombres que lo habían precedido. Con cada uno de ellos había sido una terrible experiencia que había tenido que soportar, sintiendo tan poco placer que finalmente se convertía en una gélida participante. No había sentido nada salvo la necesidad de ir a lavarse después, tan pronto como fuera posible.

Pero esto era muy diferente. Diferente porque el hombre que le estaba haciendo el amor era también muy distinto. Él quería descubrirlo todo sobre ella e intentaba proporcionarle placer y no buscar sólo el suyo.

Sus besos siguieron la curvatura de su vientre, al final del cual, una sombra rizada de color más oscuro que el cobrizo, enmarcaba el secreto de su sexo en un provocador triángulo.

La boca de Alessandro la besó allí, acariciando los rizos entrelazados que al separarse revelaron un lugar secreto que resplandecía de deseo como la carne de un melocotón maduro. Ella podía oler su propia excitación sexual, en ella algo realmente extraño.

Algunos hombres habían intentado hacerle aquello, pero en el mejor de los casos había sido un bochorno al que había accedido porque a ellos parecía satisfacerlos y hacerse sentir buenos amantes, pero, ahora, no había ninguna otra cosa en el mundo que deseara más que rendirse a su beso. Su único temor era decepcionarlo.

—¿Quieres que lo haga?

—Sí —dijo, y Alessandro se hundió entre sus muslos.

Isobel nunca había imaginado que ninguna caricia, ningún beso, pudiera ser tan bello. La dulzura y el deseo de Alessandro eran los afrodisíacos más eróticos del mundo. Ella sintió cómo él la tomaba en su ardiente y húmeda boca mientras que bebía su esencia, succionado y lamiendo en el sitio correcto y de la forma exacta de tal forma que todo era éxtasis. El placer era tan inmenso que finalmente su cuerpo empezó a arquearse, gritando su nombre, explotando en oleadas de placer que irradiaban desde su interior, latiendo y contrayéndose mientras ella se estremecía.

—Te quiero —dijo ella ferozmente.

El placer que él le había proporcionado no la había saciado. Por el contrario, sentía más ansia, una nueva variedad de imperiosa necesidad.

—Ven a mí, Alessandro. Déjame besarte —susurró ella. Aquello era una orden no una petición.

—Soy tuyo —le dijo con profunda y vibrante voz—. Todo mi ser.

Isobel se inclinó, le quitó las bermudas y empezó a besarlo exactamente como él lo había hecho, con suaves besos que se volvían más apasionados y ardientes a medida que ella sentía y oía su agitada respuesta, hasta que ella le hizo preso de su boca y le oyó gritar su nombre.

Alessandro apoyó la cabeza en las almohadas. Su cara estaba roja por la exaltación, pero su expresión era seria.

—Te quiero —susurró—. No puedo esperar más, Isobel.

—Yo tampoco.

Isobel separó sus delgados muslos y arqueó las caderas para tomarlo. Ambos cerraron los ojos al sentir cómo él se abalanzaba sobre ella y su cuerpo se abría por completo a él. Ella se sintió inundada por su calor y su poder mientras él la penetraba más y más profundo hasta que llegaron a ser sólo uno.

—Mía —susurró él—. Me perteneces, Isobel.

Él se movió dentro de ella, primero suave y lentamente, pero, después, desbocados por el deseo, con urgencia, fiereza y ansia. Aquella manera de hacer el amor era primaria, casi salvaje, una gloriosa celebración de la forma en que la naturaleza había hecho sus cuerpos.

Isobel gritó por el delirio que le hicieron sentir las contracciones de su útero. No sólo era placer físico, sino una plenitud emocional que ella había soñado toda su vida.

Yacieron en calma, susurrándose el uno al otro, las manos entrelazadas.

Parecía que sólo había estado dormida unos cuantos segundos cuando se balancearon como si el oleaje golpeara la lancha. Simultáneamente, el gruñir de un motor irrumpió en su espacio sagrado.

Isobel abrió los ojos, inquieta.

—¿Qué es eso, Alessandro?

—Otro barco —dijo, apoyándose en un codo y levantando la cabeza con expresión preocupada.

Alessandro se apartó de ella de mala gana.

—Espera aquí —le ordenó mientras se ponía las bermudas.

Isobel permaneció en la cama, desconcertada. Podía oír cómo Alessandro discutía con otro hombre en cubierta. Su voz era tosca y ronca. Incapaz de permanecer allí por más tiempo, se vistió rápidamente y subió las escaleras hacia la cubierta.

Había otro barco al lado de ellos. Un barco pesquero de aspecto gastado con un ojo supersticioso pintado en cada uno de los lados de la proa. El hombre al timón era un joven de aspecto rudo que llevaba sombrero y gafas oscuras. La maraña de redes que había en el barco hacía pensar que era un pescador.

–¿Alessandro? –dijo Isobel con preocupación.

–Vuelve abajo. Espérame allí, querida.

–¡No! ¿Qué está pasando? ¿Qué es lo que quiere?

Al pescador no pareció gustarle verla. Apagó el motor y se levantó. Intercambió unas cuantas palabras con Alessandro en un dialecto siciliano, pero hablaban demasiado deprisa para que ella pudiera entender algo. Él señaló a Isobel, furioso, evidentemente quejándose de algo. Alessandro le contestó de manera violenta, agitando su cabeza.

La discusión continuaba y el pescador parecía sentirse cada vez más agitado, hasta que de repente paró y sacó algo de debajo de la maraña de redes. Tuvo que usar los dos brazos. Obviamente era algo pesado y estaba envuelto en lona. Se lo entregó a Alessandro, chillando en aquel dialecto.

Alessandro, intentando evitar que el viejo y sucio barco rozara su preciosa lancha, tomó de mala gana el fardo atado de manos del pescador y lo posó en la cubierta, haciendo un ruido sordo.

El pescador siciliano ya había encendido de nuevo el motor. Agitando su mano, le dijo adiós a Alessandro al marcharse. Isobel le observaba perpleja. Él le lanzó una sarcástica sonrisa y un saludo burlón mientras se iba.

–¿De qué demonios va todo esto? –le preguntó.

La expresión de Alessandro era seria.

—Lo siento, cariño, pero no podemos quedarnos aquí más tiempo.

Alessandro encendió el motor y empezaron a moverse. Iban perdiendo de vista el bello templo de Selinunte.

—¿Qué es lo que te ha dado? —preguntó, sujetándose a la barandilla para mantenerse firme contra la fuerza centrífuga.

—Un pez que acaba de pescar. Lo tomaremos como cena esta noche.

Isobel apretó los labios. Se dirigió hacia el fardo y empezó a desenvolver la lona. Alessandro no intentó detenerla.

Sin duda el fardo era pesado. Isobel se encontró al fin mirando los ojos de mármol de una diosa o lo que parecía ser su cabeza. Si tuviera que adivinarlo, diría que era una pieza del siglo quinto antes de Cristo.

—Menudo pez —le dijo con voz apagada.

Él no contestó. Dirigía la lancha alrededor del cabo.

—Así que esto era por lo que tenías que venir a Selinunte —dijo, poniéndose en pie. Isobel estaba totalmente impresionada—. ¿Cómo has podido involucrarme en tus sucios asuntos?

—No estaba previsto que sucediera —contestó él de manera cortante.

—¡Desgraciado! Si alguien descubre que he estado aquí, ¿sabes lo que me pasaría?

—Isobel...

—Perdería mi trabajo de inmediato. Ninguna organización importante volvería a contratarme. Has puesto en peligro toda mi carrera sólo por tener compañía en una de tus dudosas operaciones.

—No tenía ni idea de que estaría aquí. Naturalmente que nunca te habría involucrado en esto, pero no he tenido otra opción.

—¡Por favor!

—No he tenido ninguna, Isobel. Me amenazó con llevarle la cabeza a un comerciante deshonesto de Palermo si yo no me quedaba con ella.

—Oh, un comerciante deshonesto —dijo con desprecio—. ¿Acaso hay mucha diferencia entre él y tú?

—Tú no lo entiendes.

—No, no lo entiendo. No entiendo a un hombre que, en ocasiones, se comporta como un aristócrata y, en otras, como un forajido. Quizá tu puedas permitirte el lujo de tener una dudosa reputación, pero yo no. Alessandro, soy una arqueóloga a quien han invitado a trabajar en tu país. Sabes lo estrictas que son las leyes en Italia acerca de las antigüedades ilegales. ¡Podría ir a la cárcel!

—No irás a la cárcel.

Él intentó poner sus brazos alrededor de ella para confortarla, pero ella se alejó de él con un movimiento en señal de rechazo.

—Si nos encontramos con el guardacostas, allí es exactamente donde iremos los dos. Dios, ¡te odio!

—Por favor, déjame que te explique. Esa cabeza es robada.

—¿No me digas? Nunca lo hubiera adivinado —le dijo irónicamente.

—Puedes ver que es una pieza importante, Isobel.

—Oh, sí, duque. Ya lo veo.

—¿Crees que debería haberla dejado en manos de ese pequeño traficante y salir corriendo tal y como tú dijiste anoche que harías.

—Pues sí ¡maldita sea!

Cuando Alessandro estaba enfadado sus ojos no eran cálidos, por el contrario había en ellos una aplastante y fría autoridad.

—¿Y saber que en dos horas sería vendida a un comerciante sin principios en Palermo, un vándalo que sería capaz de sumergirla en ácido para que pareciera aún más antigua y venderla a cualquier coleccionista?

—Eres increíble —dijo ella con tono mordaz.

Isobel se las había apañado para contener las lágrimas. Ahora sólo había furia dentro de ella.

—Navegas en tu lujosa embarcación con una escultura arcaica valorada en más de medio millón de dólares mientras hablas sobre traficantes de arte sin escrúpulos y coleccionistas privados. ¿Te has parado un momento a mirarte a ti mismo? ¿Nunca has visto lo que en realidad eres?

—¿Y qué es lo que soy? —le preguntó con calma.

—Creo que simplemente eres un hipócrita.

Después de haberle dicho aquello de la forma más vehemente posible, Isobel se marchó a la popa con el fin de mantenerse lo más alejada posible de Alessandro para que él no pudiera dirigirle la palabra. Allí se sentó con los brazos cruzados, mirando al mar.

La lancha blanca hizo su entrada en el muelle una hora más tarde, cuando el sol se estaba poniendo. Alessandro la amarró al lado del otro bote. Isobel estaba temblando por las diversas emociones que había sentido de regreso a casa. Ahora sólo quería estar sola.

—Espera, Isobel —le ordenó Alessandro mientras ella intentaba bajarse de la lancha sin decir una palabra—. Quiero explicarte.

—No. Déjame que sea yo quien te explique, Alessandro. Vine aquí a hacer mi trabajo, no a mezclarme contigo ni con tus sucios asuntos. No puedo exponerme al daño que podrías hacerme a mí o a mi carrera. Así que durante el resto de mi estancia aquí, por favor, mantente alejado de mí. A partir de ahora para mí no existes.

Capítulo 6

Y ESO era lo que conllevaba el dejar salir los sueños del armario aunque sólo fuera un momento.
¿Qué demonios le había sucedido para dejar que Alessandro alcanzara a ver dentro de su alma?

¿Acaso no había aprendido la lección a lo largo de los años para no revelar su romanticismo oculto? ¿Para no dejarse llevar? Por supuesto que lo había hecho. Ella había aprendido la lección a base de repeticiones desde que tenía trece años. ¿Cómo se había dejado seducir tan fácilmente?

Isobel estaba angustiada ante la idea de tener que informar a Bárbara Bristow de todo el episodio, pero no había otra manera. Había muchas cosas que tenía que explicarle.

–Espera un minuto –la doctora Bristow la cortó mientras ella seguía dándole explicaciones–. ¿Dices que el duque ha muerto?

–Parece ser que el viejo duque murió en Navidad –dijo Isobel mientras se sentaba en la cama con el teléfono pegado a la oreja.

–¿Por qué nadie nos informó de ello?

–No lo sé doctora, pero el nuevo duque es su nieto, Alessandro Mandala. Es un comerciante de arte un poco...

–Sé exactamente lo que es –volvió a cortarla la doctora–. Aquella escultura falsa que le envió al Getty.

–Exacto.

–Sin mencionar muchas otras historias. ¡Ese hombre es escandaloso!

–Me temo que sí.

—¿Y él es con quien nosotros estamos trabajando ahora? Cielo santo, Isobel. ¡Nunca os habría enviado allí si hubiera tenido la menor sospecha! Ahora, será mejor que me cuentes lo que ha pasado.

Isobel tragó saliva.

—Bueno, él se ofreció a enseñarme el templo de Selinunte desde el mar. Me llevó por la costa en su lancha.

—¿Tú y él? ¿A solas?

—Sí, doctora.

—¿Qué es lo que te impulsó a marcharte con él?

—David y Theo dijeron que debía ir como muestra de cortesía hacia él.

—Tú eres el jefe de la expedición. Deberías haberlo pensado antes de aceptar la invitación y marcharte a solas con él. No estoy segura de querer seguir escuchándote Isobel, pero continúa.

—Bien. Cuando llegamos a Selinunte se nos acercó otro barco. No estoy segura de que fuera una cita concertada o no, pero el caso es que el otro hombre le dio un fardo a Alessandro que él subió al barco.

—¿Un fardo? —la voz de la doctora era peligrosa—. ¿Y qué había en ese fardo?

La mano de Isobel que sostenía el auricular estaba sudorosa.

—Todo lo que puedo decir es que era una pieza escultórica.

—¿Qué tipo de pieza?

—Creo que era una cabeza de piedra.

—¿Era antigua?

—No tuve oportunidad de examinarla muy de cerca pero...

—Isobel, ¡esto es un desastre!

—Lo sé, doctora —dijo en tono deprimente.

—Has debido pasar por un momento de locura temporal para haberte visto mezclada en los sucios asuntos de ese hombre. Simplemente no puedes permitirte que nada de eso te ocurra.

–Sí, doctora.

–No sólo estás arriesgando tu reputación, sino también la de la fundación. Imagínate si esto llegara a saberse. Parecería que nosotros estamos negociando con un hombre que compra artefactos ilegales.

–No volverá a ocurrir.

–Será mejor que no. La Fundación Berger es famosa por sus principios. La integridad está escrita en nuestros estatutos. Eres una joven muy inteligente, Isobel, y sólo estás al comienzo de lo que puede ser una brillante carrera. No me importa decirte que tengo puestas en ti mis esperanzas para que algún día me sucedas como directora de la fundación.

–Doctora, yo...

–Pero todas esas promesas pueden irse al traste si ahora das algún paso en falso. En nuestro negocio, es esencial mantener una reputación intachable. Integridad por encima de todo, Isobel. Eso es lo que cuenta. Granujas como Mandala...

El sermón de la doctora Bristow continuó durante algunos minutos más. Isobel la escuchaba en silencio sintiendo escalofríos.

–No te involucres, Isobel –concluyó con decisión–. Haz el trabajo por el que estás allí. Es una lástima que el viejo duque haya muerto y que ese hombre lo haya sucedido, pero eso no podemos evitarlo. Así que simplemente haz tu trabajo y mantente lo más alejada de él que puedas, y por amor de Dios, ¡no vuelvas a hacer más viajes en lancha con él!

–Sí, doctora –dijo con desánimo.

–¿Tengo que recordarte que tienes un contrato que se renueva cada tres años?

–No, doctora.

–Tienes la influencia de tu padre, pero no te protegerá de tu propia insensatez. Mantente alejada de Alessandro Mandala o tendrás que regresar a casa.

–Sí, doctora– repitió por enésima vez. Pero ella ya había colgado.

Al día siguiente, mientras que reanudaban el trabajo en la galería del sótano, Isobel estaba tan inquieta por los acontecimientos que había tenido lugar el día anterior que casi no podía concentrarse en la excavación. También era duro disimular su desdicha frente a los demás. Quizá sería mejor que regresara a casa.

Fue Theo quien sacó el tema cuando ambos estuvieron a solas en el barco.

–¿Estás bien, Isobel?

–¿Crees que los tres podríais terminar el trabajo sin mí si regreso a Nueva York antes de lo previsto?

Con la franqueza que lo caracterizaba, Theo no le preguntó por qué razón quería regresar.

–No es propio de ti admitir la derrota.

–¿Qué?

–Hemos trabajado juntos durante cuánto, ¿cuatro años? Lo suficiente para saber que no eres una perdedora.

–No estoy... –se detuvo.

–No me preocupa el trabajo –continuó Theo, clasificando los pedazos de terracota que había reunido en una caja de plástico–. Por supuesto que podemos apañarnos los tres. Este rescate es bastante sencillo. Las cosas simplemente aparecen sin tener que hacer prácticamente ningún esfuerzo. Me preocupas tú. A veces hay cosas en la vida a las que tenemos que enfrentarnos.

Isobel se preguntaba cuánto sabía Theo de su problema con Alessandro.

–Algunas veces tú te comes al oso y otras veces el oso te come a ti.

Él sonrió levemente.

–No hay oso lo suficientemente grande para comerte, Isobel.

–Bueno, quizá ahora me haya topado con uno –murmuró ella.

–Sé lo que la vieja Bristow te ha dicho acerca de mantenerte alejada de Alessandro, pero no veo que vayas a poder hacerlo ni tú, ni ninguno de nosotros. Él fue quien nos invitó a venir aquí y es una gran oportunidad para la Fundación Berger el estar investigando en un verdadero yacimiento arqueológico, además de poder añadir algunas piezas a la colección del museo.

–Lo sé.

–Y recuerda también que Bárbara Bristow es de otra generación distinta a la nuestra. ¿Cuántos años tiene, setenta y cinco? Sé que piensa que Alessandro es el diablo en persona, pero en realidad no es tan malo. Ella simplemente no lo entiende. No tiene ni idea de cómo ha evolucionado el mercado de las obras de arte y no sabe que lo que Alessandro hace a veces es la única manera de hacer las cosas.

–Veo que ha logrado convencerte –dijo, suspirando con cansancio.

–Sólo soy práctico. Isobel, has estado buceando un montón desde que llegamos aquí –le dijo Theo, mirándola con compasión–. Es realmente un trabajo pesado ir todo el día a cuestas con los tanques de aquí para allá, y hace frío aunque estemos en el Mediterráneo. Estás cansada. ¿Por qué no te quedas en el *palazzo* durante un par de días y te pones al día clasificando? Date un respiro.

Isobel suspiró.

–Mi sitio está aquí.

–Podemos apañarnos. Uno de nosotros se quedará en el barco y los otros dos bajarán al naufragio. Es perfecto.

–Pero…

–Alguien tiene que encargarse de colgar las fotografías en la página web.

Ella asintió lentamente.

–Hemos dejado eso apartado y es excelente para las relaciones públicas. Quizá tengas razón. Agradecería poder tomarme un respiro, Theo.

–Pues ya lo tienes.

–¿Podréis seguir trabajando los tres hasta el fin de semana? Después todos podremos tomarnos un par de días libres e ir a visitar los templos de Segesta y Agrigento.

–Es una gran idea. Mientras tanto puedes encerrarte en la cripta y nadie te molestará.

La cripta era tranquila y silenciosa. Sentada en el banco de mármol con su ordenador portátil y su cuaderno de notas mientras que Theo, Antonio y David estaban en el pecio, Isobel disfrutaba del silencio y tenía tiempo para pensar.

Su cuerpo aún vibraba por la intensidad con la que Alessandro le había hecho el amor dos días antes. Sabía que, aunque quisiera, nunca podría borrar de su mente aquella tarde.

Como crisálidas que habían estado invernando, su sexualidad había despertado, revelándose como una sublime criatura cuyos brillantes colores la habían deslumbrado. Ya no había forma de mirar atrás.

Pero ¿por qué cruel razón habría el destino elegido a Alessandro Mandala para ser el hombre que revelara su sexualidad? Enamorarse de un hombre como él era como una maldición que los dioses le habían impuesto como castigo a una joven doncella mortal.

Su madrastra le había advertido hace años que el amor era una maldición.

Cuando la madre de Isobel murió, la luz se apagó. Aquella bella e inteligente mujer de quien Isobel había heredado su belleza y su pelo cobrizo, había sido una buena madre y esposa. Su repentina muerte después de una breve enfermedad dejó solos a su marido y a su hija. Aquello fue una tragedia totalmente injusta.

Su padre, roto por el dolor, llegó a la conclusión de que él sólo era incapaz de criar a una hija adolescente. Su segundo matrimonio con Gertrude Koop, fue una unión sin emoción por conveniencia. Un matrimonio concertado.

Y Gertrude se había encargado de criar a Isobel con gélida seriedad.

Pero para cuando Isobel había aprendido a ver a su madrastra objetivamente, ya era demasiado tarde. Mientras su padre había anidado en su estudio durante años, enterrado en su trabajo, Gertrude la había convertido en una mujer fría y traslúcida como el cristal.

A pesar de que estaba allí para descansar un poco, su cuerpo estaba inquieto y tenso. Su vida, a pesar de no haber sido muy feliz hasta entonces, al menos había sido tranquila.

Ahora le parecía que nunca volvería a estar en paz. Su corazón, su alma, su mente y todo su interior estaba bullía como el mar en una tormenta.

Isobel escuchó que alguien llamaba a la puerta. Se puso tensa de inmediato. Instintivamente sabía quien era.

Maldijo en voz baja pero no pudo evitar dirigirse hacia la puerta. Como había adivinado, era Alessandro. ¿Por qué tenía que ser tan alto y tan guapo? ¿Por qué su corazón parecía romperse casa vez que lo veía?

—Me dijeron que estabas aquí abajo —la saludó con voz profunda.

Llevaba una camisa vaquera desteñida y unos pantalones vaqueros. Aquella vestimenta casual ceñía sus anchos hombros y sus poderosos muslos haciéndole, paradójicamente, parecer un aristócrata.

—Theo dice que estás enferma. ¿Puedo pasar?

—Estás en tu casa —dijo, apartándose de forma cansada.

—Mi casa es tu casa, querida —dijo mientras cerraba la puerta con llave.

—¿Por qué has cerrado con llave? —le preguntó, temblando.

Él arqueó una ceja.

–No quiero que nos molesten. ¿Acaso tú sí?

Ella no respondió, pero se sentó de vuelta en su puesto de trabajo dirigiendo la mirada hacia la pantalla de su portátil.

Alessandro se acercó por detrás de ella.

–¿Qué estás haciendo?

–Colgando algunas fotografías en la página web de la Fundación Berger. Colgamos información sobre el naufragio con fotografías de los últimos hallazgos.

–¿Tiene muchas visitas?

–Miles al día.

Isobel sintió cómo los dedos de él le retiraban el pelo del cuello para poder besarla en la nuca con labios cálidos y sensuales.

«¡Oh Dios!», pensó ella al sentir cómo su cuerpo se derretía.

–No has venido a almorzar –le dijo al oído, besándole en los lugares más sensibles con labios expertos.

Sus fuertes brazos la rodeaban aprisionándole contra su pecho.

–Estoy preocupado por ti.

El corazón de Isobel latía tan deprisa que casi no podía hablar. Estaba encerrada en la cripta con Alessandro, menuda cura de reposo.

–Te dije que te mantuvieras alejado de mí.

–También puedes pedirle a la luna que no salga esta noche –le dijo, con voz profunda sonriéndole–. Veremos si te obedece.

–¿No puedes respetar mis sentimientos?

–¿Los sentimientos que te hacen temblar en mis brazos? –le preguntó suavemente–. ¿Son esos los que debo respetar?

–Entonces no tienes principios.

Alessandro dio la vuelta a la silla en la que Isobel estaba sentada y se agachó frente a ella mirándola fijamente a los ojos.

–Escúchame. Lo que pasó en Selinunte no estaba

planeado. No tenía ni idea de que ese hombre aparecería con la cabeza esa tarde.

—¿Pero entonces sabías que te la traería algún día?

—Sí. He estado buscando esa cabeza durante mucho tiempo, desde que desapareció. Todavía no puedo contarte toda la historia Isobel, pero...

—No quiero saber cuál es la historia —dijo amargamente—. Ese hombre habría aparecido con ella en cualquier lugar, en cualquier momento. Siempre habrá gente alrededor de ti con cabezas «perdidas» envueltas en misteriosos fardos, pero yo no puedo estar ahí. Ya ves, tengo principios. Quizá sea una hipócrita, como tú dices.

—Yo nunca he dicho eso.

—Pero lo veo en tus ojos. Te impacientas conmigo porque soy diferente a ti. Fui educada de otra manera. No puedo evitarlo.

Aquellos ojos azules buscaban los de ella como buscando la respuesta a un acertijo.

—Después de la muerte de tu madre, fue tu madrastra quien te educó.

Ella frunció el ceño.

—Sabes demasiado sobre mí.

—He leído los libros de tu padre y también le he conocido a él y a tu madrastra.

—¿Qué?

—Tu padre es una autoridad en arquitectura romana. Poseo varias columnas de piedra con inscripciones interesantes. No fue difícil concertar una cita.

—¡No tenías derecho a hacer eso! —gritó ella.

—Tu padre es un hombre magnífico y un gran estudioso. Tu madrastra es una mujer bella con ojos de verdugo.

A ella no le divertía nada aquello. La furia le tensaba los labios.

—¿Por qué has estado investigándome?

—¿Por qué crees?

–No puedo leer tu tortuosa y obsesiva mente.

Él le sonrió como un tigre.

–Tú eres obsesiva. Yo estoy obsesionado. Contigo.

–Bueno, tuviste lo que querías en Selinunte. Ahora el juego ha terminado.

–No es un juego, y acaba de empezar –dijo con una certeza que la inquietaba–. Isobel, te entiendo mejor de lo que piensas. Tu padre perdió el interés por la vida hace años. Todo cuanto le importan son las leguas muertas y los libros polvorientos. Tu madrastra es la persona más fría que jamás he conocido. Me imagino cómo debe haber sido tu infancia, pero ahora eres una mujer, y eres libre.

–¿Has terminado con el psicoanálisis?

Él se rió suavemente.

–Sólo acabo de empezar.

–No necesito ser curada de ser yo misma.

–Exacto. Necesitas curarte de intentar ser tu madrastra.

–¿Cómo te atreves? ¿Cómo osas inmiscuirte en mi vida, hacer suposiciones sobre mí y juzgarme?

–¡Silencio!

Alessandro separó con sus fuertes manos los temblorosos muslos de Isobel para poder introducir su gran torso entre ellos y arrimarse a ella de forma que sus brazos la agarraban la cintura.

–Yo no te juzgo, cariño. Sólo trato abrirme paso a través de tu armazón y encontrar tu verdadero yo.

–¡Dios! Eres tan ofensivo.

–Y tú eres desesperante.

Ella podía sentir cómo su profunda voz vibraba contra ella y cómo el calor de su cuerpo apretaba con fuerza sus zonas más erógenas. Su falda estaba ahora a la altura de sus caderas. Sus suaves y pálidos muslos se aferraron a su tensa cintura como si fuera a montar un caballo demasiado fuerte y salvaje para ella. Su respiración era más entrecortada que nunca.

–¿Sabes lo que me provoca tenerte sujeta de esta forma? ¿Oler tu piel, tu perfume, tu pelo? ¿Recordar lo que hicimos?

–¡Para! –le rogó, tratando de escapar de su abrazo.

–Es agonía y es éxtasis, Isobel. Es gozo y tormento. Es locura.

–¡No soy tu juguete, Alessandro!

Ella intentaba empujarle hacia atrás, así que, ¿cómo fue que su boca terminó rozando el suave terciopelo de sus labios? ¿Cómo pudieron sus dedos entrelazarse en los espesos rizos negros de su pelo mientras él la besaba en la garganta inhalando su esencia como si fuera el más extraordinario de los perfumes?

Alessandro comenzó a desabrochar los botones de su blusa, besando dulcemente cada pedazo de blanca piel que le era revelada. El sostén que ella llevaba era muy fino, por lo que la hinchazón de sus erectos pezones era totalmente visible. Isobel deseaba que la lengua de Alessandro los acariciara con ansia.

El deseo hizo estremecer a Isobel, haciéndola recordar rápidamente las cosas que él le había hecho aquel día en el barco, ese estallido de sensaciones... Gimió cuando él le levantó el sostén para poder lamer sus pezones con su ardiente lengua.

Allí se encontraba de nuevo, en la vorágine que la arrastraba hacia el torbellino. Isobel sólo podía gemir su nombre mientras que él devoraba sus suaves pechos y sus expertas manos la despojaban de sus panties.

–No Alessandro, por favor...

–Me he aficionado a tu sabor –le susurró, elevando sus muslos a sus hombros para poder besarla justo donde ella deseaba y de la forma que él deseaba.

–Me haces sentir tan bien –jadeó, sus dedos enrollados en su pelo, presionando su boca contra ella más y más fuerte, exigiéndole más a cada instante–. ¡Te odio, Alessandro!

Él no contestó. Tenía la boca demasiado ocupada.

Isobel sabía lo que él quería. Sabía que esta vez, lo único que ansiaba era darle placer, sabía que quería darle tanto como él recibía. Esta vez no se sintió incómoda al llegar al clímax. Isobel se dejó llevar y se entregó por completo a él, tomando el placer que le proporcionaba y, a cambio, ella le entregaba su delirio.

Parecía que en su cuerpo no había huesos. Ella se deslizó hacia abajo y ambos acabaron enredados en el suelo besándose. Él acariciaba su corazón, su alma y su cuerpo de una manera que nunca había creído que fuera posible. Él sonrió levemente por su fiero impulso al desvestirle, ansiosa por tenerle muy dentro de ella.

Sin ningún pudor, Isobel se sentó a horcajadas sobre Alessandro, que yacía en el suelo. Sus pequeñas manos aprisionaban las de él. Ella le miraba intencionadamente a los ojos mientras levantaba las caderas para ser capturada por su erecta virilidad en el preciso lugar donde él la había besado.

—Te adoro, Isobel —jadeó mientras ella se hundía en él.

Isobel se colmó de líquido gozo al sentir cómo se llenaba de él por su fuerte bombear contra ella. Ahora era su turno para hacerle el amor utilizando su propio placer para satisfacerlo.

Ella nunca se había mostrado de forma tan desinhibida con ninguno de sus otros amantes. Nunca se había abandonado tanto al placer.

Llegar al orgasmo juntos era un milagro que parecían alcanzar fácilmente, gritando sus nombres en el delirio del momento. Pero en cuanto aquel instante hubo terminado, aparecieron las lágrimas.

—Isobel —dijo él—. ¡No llores!

Ella se cubrió la cara con las manos mientras él la sostenía. Isobel sollozaba.

—No puedes seguir haciéndome esto.

Él trató de confortarla.

—Eres mía —le susurró—. Sólo mía.

—¡No! No soy tuya, Alessandro. Y no puedes hacerme tuya sin romperme el corazón. Una mujer como yo nunca podrá estar con un hombre como tú.

—¿Por qué no?

Isobel elevó el rostro lleno de lágrimas hacia él.

—¡Oh Dios! ¿Por dónde empiezo? Incluso si pasamos por alto el hecho de que eres un bandolero y un ladrón que se burla de todos los principios a los que yo me someto, ¿cómo podría confiar en ti? Todos los periodistas de la prensa sensacionalista saben tu nombre. ¿Crees que no he visto tu cara en las columnas de cotilleos?

—Ya te dije —le dijo amablemente—, que me conviene tener cierta imagen. No confundas eso con la verdad, cariño.

—¡No me trates como si fuera idiota! No me lo merezco.

Se retiró de su lado e intentó colocarse la ropa a pesar de que las manos le temblaban.

—¿Por qué has tenido que entrar en mi vida? Tus amigos suelen ser esnifadores de cocaína, supermodelos y estrellas del rock and roll. ¿Qué pasa, te apetecía un cambio? ¿Es eso?

—No, Isobel. No es eso —sus ojos se oscurecían a medida que la veían vestirse.

—Yo creo que sí lo es. ¿Por qué si no me elegirías? Te has cansado de esas mujeres. Son demasiado fáciles para ser divertidas, así que me escogiste a mí, una inocente don nadie a quien sería divertido seducir y pervertir.

—Estás hablando por boca de tu madrastra —le dijo con calma.

—No, soy yo. Puedo ser una presa fácil, pero no soy tonta. Tú planeaste deliberadamente aquella tarde en Selinunte, Alessandro. Era parte de tu juego. Primero seducirme y después involucrarme en una operación ilegal. Asegurarte de que yo me enredaba por completo en la red. ¡Qué divertido!

Alessandro apretó los dientes.

—No puedes creer eso.

—No soy tonta —repitió ella, levantándose del suelo. Él también se levantó.

—Acabamos de hacer el amor de forma maravillosa. ¿Es que no puedes aceptarlo simplemente como es? ¿Tienes que envenenarlo con esas fantasías enfermizas?

—Tú eres el enfermo. No puedo confiar en nada de lo que dices o haces. Sí. Yo era una *ingénue* sexual hasta que te conocí. Eso se veía a la legua, ¿verdad? Fue tan fácil hacerme bajar la guardia. Pero ésta ha sido la última vez Alessandro, te lo prometo.

—Isobel...

—¡No! —le paró en cuanto vio que intentaba acercarse a ella—. No vuelvas a tocarme. Nunca dejaré que vuelvas a seducirme. Y te diré algo más. Si tratas de chantajearme con la historia de la cabeza, no funcionará. Prefiero ir a la cárcel.

Había una exaltación en las mejillas de Alessandro que no tenía nada que ver con el hecho de que acabaran de hacer el amor.

—Permíteme que difiera del análisis que haces sobre ti misma —dijo con los ojos brillando por la ira—. No eres una *ingénue,* pero ciertamente eres tonta.

—¡Vete! ¡Y no vuelvas!

Él se encogió de hombros.

—Te advierto que esto no ha hecho más que empezar.

Alessandro abrió la puerta y salió sin mirar atrás. Isobel corrió hacia la puerta y la cerró con llave. Después comenzó a llorar tristemente en silencio, como si el corazón se le hubiera partido.

Capítulo 7

AL DÍA siguiente Isobel se despertó y se encontró con que el *palazzo* estaba inmerso en la preparación de lo que parecía ser una gran fiesta. Desde su ventana podía ver que una gran carpa blanca estaba siendo erigida en el jardín. Un grupo de empleados limpiaba la plata a la luz del día, los jardineros estaban sembrando cientos de lirios blancos en los antiguos maceteros y los camareros estaban montando mesas a lo largo de los senderos acotados por los naranjos.

Mientras Isobel permanecía asomada observando lo que pasaba, tres o cuatro furgonetas llegaron y aparcaron bajo su ventana. Charlando en dilecto siciliano, los hombres estaban descargando un equipo de sonido, sistemas de alumbramiento para el jardín y otra parafernalia para animar la fiesta.

Sin embargo, de una de las furgonetas, una carraca vieja de color granate más usada que el resto, dos individuos de aspecto sospechoso descargaban algo envuelto en arpillera, algo que parecía no tener nada que ver con la fiesta.

Sin duda se trataba de otro de los pequeños envíos que recibía el duque de Mandala. Y tan pronto como aquel pensamiento cruzó su mente, una parte del envoltorio cayó dejando a la vista la inconfundible figura de una antigua escultura de bronce enmohecida. El torso de un joven atleta, o al menos eso parecía.

Isobel agitó la cabeza, furiosa.

—¡Maldito sea! —murmuró—. ¡Menudo granuja!

Uno de los hombres, viendo que su ilícito cargamento estaba siendo expuesto a los ojos del mundo, volvió a cubrir la escultura rápidamente. Después se apresuraron a entrar en el *palazzo*.

Isobel se vistió. Su expresión era seria y oscura. Era inútil concederle a Alessandro el beneplácito de la duda diciendo que él formaba parte de una nueva generación o algo similar. Él era simplemente un sinvergüenza que hacía contrabando con antigüedades robadas delante de sus narices. Lo único que faltaba es que Bárbara Bristow se enterara de aquello.

–Parece ser que va a tener lugar una fiesta –dijo David Franks en el desayuno.

–*La festa di San Giovanni* –les informó felizmente Antonio Zaccaria–. Mañana es la fiesta de San Juan, una de las fiestas más importantes de Sicilia. Habrá un banquete, baile, fuegos artificiales –sonrió–. Y todos estamos invitados.

–Yo no creo que asista –dijo Isobel, fingiendo gran interés por las notas que estaba leyendo.

–Oh, no, no empieces con eso de nuevo –le rogó Theo–. Eres la jefa de equipo. Tienes que asistir.

–Estoy segura de que nadie me echará en falta –dijo fríamente, corrigiendo un error con su lapicero–. Podéis ir sin mí. Yo tengo trabajo que hacer.

–No lo entiendes, Isobel –le dijo Antonio, mirándola preocupado–. *San Giovanni* es una ocasión especial. San Juan es el patrón del pueblo y también el de la familia Mandala. Su fiesta coincide con el solsticio de verano.

–Ah –dijo con sequedad–. Se trata de una orgía pagana sutilmente disfrazada de festival religioso. Por eso, sin duda, es tan popular.

–Es más que popular. Es la mayor fiesta del año. Negarte a asistir será una gran ofensa para el duque.

–¡Maldita sea! De acuerdo –dijo, cerrando el libro de un golpe–. No me miréis así. Participaré.

–¡Ésa es mi chica! –aplaudió David.

–Mañana por la mañana se celebrará una misa especial en la *capella*, la capilla del *palazzo*. Es la *missa di San Giovanni*. Todo el mundo llevará el traje regional. Es muy bonita y conmovedora –les informó Antonio.

–Por favor, no me digas que también tenemos que asistir a eso –se quejó Isobel–. Soy anglicana.

–Y yo soy griego ortodoxo, pero no me lo perdería por nada –se rió Theo.

–Yo soy judío –añadió David–. Y también estaré allí.

–¿Ahora podemos bajar al pecio? –dijo Isobel irritada–. Tenemos una galera que rescatar.

Quedarse clasificando artefactos no había sido muy buena idea. Isobel había decidido que el fondo del mar era mucho más seguro.

El trabajo aquella mañana fue especialmente productivo. Aparecieron varios fragmentos de un ánfora con detalles decorativos grabados y una colección de flechas de bronce con la punta todavía afilada después de permanecer más de dos mil años bajo el fondo del mar.

Isobel encontró un pesado brazalete de cobre más corroído aún que el bronce, pero que mostraba todavía el rastro de un diseño tallado que la intrigó sobremanera.

Aquél estaba siendo un día muy emocionante, pero se oscureció justo antes de la hora de comer, cuando recibieron un visitante.

Alessandro había llegado nadando hasta el barco y subió ágilmente a bordo. Llevaba el mismo pantalón corto de neopreno que cuando lo vio por primera vez. Mientras el agua caía por su bronceada piel, Isobel sentía que el corazón se le subía a la garganta. ¡Era tan atractivo! Él la saludó con ojos sonrientes, pero ella le respondió con un gesto con la cabeza y se giró.

Los otros le mostraron entusiasmados el botín de aquella mañana. La admiración y amistad que mostraban hacia él la irritaban bastante. ¿Acaso ellos no veían lo granuja que era ese hombre?

–Este sitio es maravilloso –dijo David, mostrándole a Alessandro algunas de las flechas–. No dejan de aparecer cosas. Hemos estado hablando acerca de montar una exposición en el museo con fotos del naufragio y un diorama.

–Es una idea magnífica –añadió Alessandro–. Al público le encantará.

–También será algo didáctico. Podremos explicar cómo funcionaba el comercio en la antigüedad.

–Sí, por supuesto. Podéis hacer un diorama del lugar y completarlo con los modelos de ánfora, los otros artefactos y quizá una muñeca Barbie que haga de doctora Roche.

Isobel estaba que echaba humo por aquella broma. Los hombres charlaban animosamente sobre los hallazgos ignorando a Isobel. Después de un rato Alessandro se acercó a ella.

–He oído que has encontrado un brazalete –le preguntó.

Isobel se lo mostró en silencio.

–Así que crees que soy una Barbie –refunfuñó.

–Oh, no, una Barbie siempre sonríe.

–Muy gracioso.

–Interesante –dijo, tomando el brazalete de sus manos–. Es cobre. Y bastante pesado. Definitivamente no era un artículo para el comercio. Hay dos razones que lo explican, la primera es que no hay cobre en Sicilia y la segunda, que el diseño no es local. Parece traciano. Hmm. Debe haber pertenecido a un miembro de la tripulación.

–Es una idea interesante –no pudo evitar decir ella.

–Lo llevaba en su brazo izquierdo –dijo Alessandro después de examinarlo con concentración.

–¿De veras?

–Sí. Tenía artritis en la muñeca. Creyó que el cobre le haría bien.

Isobel desvió la mirada del brazalete hacia su bello rostro, que parecía estar absorto en un sueño.

–Alessandro, ¿cómo diablos...?

–Se llamaba Agathokles y nació en Tesalia en el año

cuatrocientos diez antes de Cristo. Sus compañeros de tripulación lo llamaban «El Traciano». Era alto, moreno y sabía muchas cosas sobre el mar.

–¿Qué...?

–Fue el único superviviente del naufragio. A pesar de la tormenta, consiguió llegar a la orilla y se casó con una siciliana con la que tuvo ocho hijos, cuatro niños y cuatro niñas.

–¿Eres vidente?

Alessandro la miró y le sonrió con picardía.

–No, pero tengo mucha imaginación.

–¡Maldito seas!– dijo mientras se sonrojaba por lo fácilmente que se había burlado de ella–. ¡Muy divertido!

Él sonrió.

–No te enfades conmigo.

–No encuentro divertidas tus invenciones.

–Bueno, quizá no sean invenciones. Hace algunos años encontramos una antigua tumba en mi propiedad –dijo, señalando en dirección al *palazzo* Mandala–. Está en el bosquecillo de naranjos. La lápida dice que se llamaba Agathokles y que era una marinero traciano. Evidentemente, era alguien importante. Quizá fue el fundador de mi familia, ¿quién sabe?

–¿Es ése otro atajo de mentiras?

–Suposiciones –sonrió–. El esqueleto tenía artritis en la muñeca izquierda. Quizá el brazalete se le cayera al intentar salvarse del naufragio.

Isobel tomó de nuevo el brazalete de sus manos.

–Bueno, es una teoría.

–Te divertirás mañana –le dijo mientras la veía sumergir el brazalete en la solución.

–Lo dudo mucho.

–La misa es preciosa. Todo el mundo lleva el traje regional.

–Si voy, iré en vaqueros.

–Lo que llevabas la otra noche estará bien. Te daré un velo siciliano para que te lo pongas.

–No, gracias. Como te he dicho, ni siquiera sé si iré.

–No puedes negarte a ir a la misa. Difícilmente podré seducirte en una iglesia, ¿no crees? Y el velo es obligatorio. Quiero que lo lleves.

–Si vas a hacer de ello un tema de discusión... –se encogió de los hombros.

–Oh, lo haré –le acarició la mejilla mientras se levantaba–. Así que me alegra que hayas accedido.

La mañana de la festividad de *San Giovanni* fue gloriosa y calurosa. El suave perfume de los naranjos inundaba su habitación y las paredes brillaban por la luz del sol mientras Isobel se preparaba para enfrentarse a aquel día.

En realidad no le hacía mucha gracia, pero lo peor de todo era tener que ir a la misa que empezaba a las diez de la mañana. Una misa siciliana no le llamaba mucho la atención. Ella estaba allí para hacer su trabajo, no para participar en antiguos rituales.

Sin embargo, obedeciendo a la sugerencia de Alessandro, se había puesto la falda negra larga y una blusa color crema. Pensó irónicamente que una no debería ofender al duque de Mandala.

El escuchar que alguien llamaba a su puerta presagiaba la aparición del duque. Ella lo dejó pasar con un saludo seco. Él estaba increíble con aquel traje negro de corte del siglo diecinueve en el que, prendida en la solapa, llevaba una rosa blanca y un pañuelo de seda blanco. Además, Alessandro llevaba una enorme caja en sus manos.

–¿Cómo has dormido, luna de mis sueños? –le dijo, sonriéndole.

–He tenido pesadillas. Unos ogros intentaban capturarme.

–Pues no ha afectado a tu belleza –dijo, apoyando la

caja en la cama–. Estás más guapa que nunca. Esto es lo que te pondrás para ir a misa. Ábrelo, querida.

Isobel levantó la tapa de la caja y desdobló cuidadosamente el envoltorio de papel que había dentro. En su interior encontró el chal más maravilloso que había visto jamás. Era un chal de encaje bordado largo, diseñado para lucirlo por encima de los hombros.

–¡Es precioso! –tartamudeó, sacándolo de la caja.

–Era de mi madre –le dijo, observando su cara–. Mi padre se lo regaló en mi bautizo.

–¡Oh, Alessandro! Esto es algo muy valioso.

–Nunca llegué a conocerla. Murió cuando yo era aún un bebé. Mi padre murió poco tiempo después que ella, así que me crié con mi abuelo y una sucesión de institutrices que no pudieron hacer carrera de mí.

–No puedo llevarlo.

–Ven, déjame que te enseñe.

Hábilmente dejó caer el velo sobre su melena cobriza y colocó los extremos para que el chal cayera por sus hombros y le dejara al descubierto la cara.

–¡Ya está! Pareces una diosa.

Ella se miró en el espejo. La mantilla la había transformado en un ser atemporal, eterno e infinitamente femenino.

–¡Es divino!

Ambos se miraron en el espejo durante un instante. Él se estremeció como queriendo librarse de una fantasía.

–Vamos. No debemos hacer esperar al sacerdote.

Una pequeña multitud de gente aguardaba a los pies de la iglesia, incluidos sus tres compañeros que parecían estar pasando calor con aquellas corbatas. Todas las mujeres llevaban velo y la mayoría de los hombres vestían el traje tradicional, algunos con fajines color carmesí.

Alessandro presentó a Isobel a una escultural mujer de unos sesenta años que lucía un espectacular chal bordado.

–Mi tía Carmela. La hermana de mi padre.

Carmela tomó la mano de Isobel.

–He oído hablar mucho de ti –le dio la bienvenida con unos ojos color avellana que observaban a Isobel con curiosidad–. ¡Qué agradable conocerte! Por favor, llámame Mela. Todo el mundo lo hace.

Isobel se sonrojó como una debutante. Todos la miraban con la misma curiosidad. Isobel se dio cuenta de que se encontraba rodeada por la familia de Alessandro. Todo el mundo que estaba allí estaba emparentado con él de alguna manera. Era toda una congregación de Mandalas y sus respectivos, sus hijos y su séquito. Isobel se sintió como un pez dentro de una pecera.

Alessandro les condujo a todos hacia la capilla. Isobel se aferró con fuerza a su brazo.

«Por amor de Dios», pensó mientras tomaba asiento en la primera fila. «¿Cómo debe hacerte sentir ser el dueño de todo esto? ¿Qué es lo que debe arrastrar un hombre poseedor de tales riquezas a dar vueltas por el mundo arriesgando su vida para comerciar con objetos de arte robados?».

La capilla estaba llena de flores. Su fragancia inundaba el aire mientras que el sacerdote, ataviado de unas vestimentas doradas que parecían ser una antigüedad en sí mismas, empezaba la misa.

El coro cantó el tradicional himno siciliano y los jóvenes monaguillos entonaron la misa con voces de barítono. Los ojos de Alessandro se cerraron a mitad del sermón. Isobel estaba segura de que se estaba echando una cabezada. Estaba muy contenta de estar allí. E incluso, aunque fuera algo impropio, dedicó unas palabras por el alma de la mujer cuyo velo ella lucía.

Al terminar la misa anduvieron por el pasillo hasta salir a la luz del mediodía.

–¿Ha sido la misa como esperabas? –le preguntó Alessandro mientras regresaban al *palazzo*.

–Ha habido una sorpresa –le dijo con aspereza.

–¿Cuál?

–Esperaba que salieras ardiendo en llamas en el momento en que pisaras la iglesia.

Él sonrió con picardía.

–¡Menudo chasco! Pero si aguardas con paciencia hasta el baile de esta noche, quizá puedas verme arder en llamas entre tus brazos.

Isobel sintió cómo se ponía colorada.

–Eres realmente un sinvergüenza, ¿lo sabías? ¡Acabamos de salir de la iglesia!

–Ya te lo dije. Puedo ser muchas cosas pero no soy un hipócrita.

–Entonces se supone que yo sí lo soy, ¿no? –contestó ella.

Después de la misa se sirvió un generoso desayuno en el *palazzo*. De nuevo, Isobel volvió a sentarse al lado de Alessandro. La mesa estaba repleta de especialidades sicilianas, sabores que se derretían en su boca, dulces, miel, nueces y *pasta di mandorle*, un plato a base de delicioso mazapán que era característico de las fiestas sicilianas.

–Esto se llama *pasta reale* –le dijo Mela–. Mazapán real. Los artesanos compiten los unos contra otros para hacer las frutas más bellas.

–Pero antes de que empieces con los dulces –le sonrió Mela–, prueba uno de estos entremeses. Alessandro tiene los mejores cocineros de la provincia. Pruébalos, Isobel. Estás muy delgada.

Isobel estaba disfrutando con todos aquellos nuevos sabores y sensaciones. Nunca había comido cosas tan deliciosas de una sola vez y bebido un vino blanco tal dulce.

–No olvides hacerle probar la *scaciatta* –le advirtió Alessandro–. Así no podrá volverse a poner el bañador.

–No va a bucear esta tarde –le dijo Mela con firmeza–. La *scaciatta* está deliciosa, querida. Es un tipo de pan siciliano herencia de los árabes.

–Me temo que sí que tengo que bucear esta tarde –dijo Isobel , excusándose.

Mela la miró sorprendida.

—Pero la fiesta es esta noche. ¿No quieres prepararte para ir?

—Estoy segura de que tendré suficiente tiempo.

—Querrás estar lo más bella posible —dijo Mela con firmeza—. Podríamos ir juntas a Palermo y visitar algunas de las mejores tiendas que conozco.

Alessandro se burló de su tía.

—Carmela se conoce todas las pequeñas tiendas de la ciudad, ¿verdad, *Zia* Mela?

—Nací para las compras. ¿Qué me dices, Isobel?

Isobel miró a David y Theo en señal de impotencia.

—Tenemos tanto trabajo que hacer...

—¿Y quién te peinará?

—Bueno...

—Tengo cita en la peluquería a las tres —continuaba Mela mientras le servía un canapé a Isobel—. Creo que podrán hacerte un hueco. Las chicas son estupendas.

—Sí, ve a ponerte guapa, Isobel —le sonrió David Franks—. Viendo que se trata de una fiesta tan importante, hoy podemos tomarnos el día libre.

Los brillantes ojos azules de Alessandro se llenaron de alegría al percibir la turbación de Isobel, pero supo mantener el gesto sereno.

—Déjate llevar, querida. Pero no comas demasiadas cosas saladas o estarás sedienta todo el día. Es hora de que pruebes los dulces.

Con mirada estupefacta, Isobel vio cómo Alessandro le alcanzaba un plato de deliciosas bombas calóricas.

—¡Alessandro!— le gritó, mirando el plato.

—Intenta bucear después de esto —le dijo con expresión burlona—. Tendrán que levantarte con una grúa.

Capítulo 8

PARECÍA que iba a ser imposible trabajar aquel día. Isobel permitió que Mela la llevara de excursión a Palermo para ir de compras y a la peluquería. De todas formas, su cabello estaba empezando a encresparse después de tantos días exponiéndolo a la luz del sol y el agua salada, y Mela le había prometido que las peluqueras sabían exactamente lo que hacer con el pelo en verano.

Una de las boutiques en las que entró Mela estaba regentada por una formidable mujer llamada Verónica, tan moderna y bien arreglada que parecía recién salida de las páginas del Vogue. Verónica saludó a Mela dándole dos besos. Su mirada analítica examinó sin piedad a Isobel.

–Una mujer joven y guapa con excelente figura. Verano –dijo Verónica–. Es muy fácil. Piel morena, vestido claro. Piel pálida, vestido oscuro. Tú tienes la piel pálida, así que, ¿qué talla tienes, *cara*?

Rápidamente, sin pararse siquiera a pensar, descolgó varios vestidos que entregó a su asistente y quien condujo a Isobel hacia el probador donde el fuerte sonido del hip-hop hacía retumbar las vigas.

Isobel clasificó los vestidos. Diseños exclusivos y precios desorbitados evidentemente diseñados para adolescentes escuálidas. Isobel eligió probarse un minivestido negro de tirantes. El resultado en el espejo era asombroso. Era mucho más ajustado y atrevido que cualquier otra cosa que se hubiera puesto nunca.

El anguloso rostro de Verónica apareció a través de un hueco de la cortina del probador.

–¿Qué tal te queda?

—Es demasiado juvenil para mí.

—Te hace demasiado mayor —le dijo ella—. Pruébate el de volantes.

El vestido de volantes era el último que ella habría elegido por ser demasiado estrecho y tener vaporosos volantes en el dobladillo. Además era de un color canela que no había llevado nunca, pero Isobel obedeció a Verónica y se lo puso. También era muy corto y ceñido. Considerando el precio cada hilo debía costar un dólar, pero el color canela le iba fenomenal con su tono de piel. Isobel se giró lentamente hacia el espejo. Las últimas semanas de trabajo habían tonificado y endurecido su esbelto cuerpo, pero había algo más. Un brillo en su cara que no había tenido nunca, una luminosidad en su rostro.

Sería por el sol siciliano. ¿O era acaso un siciliano quien de repente le había hecho estar tan guapa? La atención de un hombre como Alessandro podría resultar peligrosa para su integridad moral, pero sin duda estaba haciendo maravillas en su físico. Ese suave brillo en sus ojos y esa media sonrisa en sus labios eran algo que no recordaba haber visto antes. El brillo dorado del vestido la hacía parecer más bronceada, como si estuviera repleta de felicidad.

La reaparición de Verónica interrumpió su ensueño.

—¡Ah! —dijo la dueña de la boutique, dedicándole una sonrisa—. ¡Ése es!

—No estoy segura de poder llevarlo —dijo Isobel, llevándose las manos hacia las partes en las que el vestido era más ceñido.

—Sólo necesitas los zapatos adecuados. Magli y Ferragamo están unas cuantas tiendas más abajo. ¿Irás después a la peluquería? Unos buenos zapatos y un buen peinado y podrás llevar cualquier cosa.

No fue hasta después de comprar los zapatos adecuados, una sandalias doradas de un diseñador de Milán, que Mela e Isobel tuvieron la oportunidad de hablar. Se metieron en una cafetería de moda y pidieron dos expresos.

–Vas a estar sensacional –le dijo Mela mientras se acomodaban en unas banquetas de piel de leopardo–. Tu hombre estará encantado.

–¿Mi hombre?

–Alessandro.

–¿Qué te hace pensar que es mi hombre? –le preguntó Isobel con un ligero ataque de pánico.

Entonces fue Mela quien se sintió avergonzada.

–Tú y él no estáis...

–Bueno, estamos... –tragó saliva–. Está muy lejos de ser mi hombre.

–Lo siento, *cara* –dijo Mela, posando su mano sobre la de Isobel–. Soy una bocazas. La forma en la que habla de ti me hizo suponer que tú y Alessandro estabais...

–¿Saliendo?

–Bueno, de hecho, algo más que eso.

«¿Comprometidos?».

–Me preguntaba por qué no llevabas un anillo. Perdóname, soy una vieja estúpida.

–Oh, por favor, no eres estúpida. Es sólo que...

–¿Sí?

Isobel no tenía ni idea de por dónde empezar. La llegada de los expresos resolvió por un momento lo embarazoso de la situación. Después de dar un sorbo a su café, Isobel continuó:

–Mela, no sé lo que va diciendo Alessandro de mí, pero el caso es que le conocí hace tan sólo unos días. Realmente no nos conocemos muy bien. Es sólo que él es un hombre muy impulsivo.

–¿Impulsivo? –sonrió Mela–. En verdad no lo conoces bien. Alessandro es la persona más calculadora que puedes conocer. En su vida, nada sucede por casualidad.

–¿De verdad?

—Si Alessandro quiere algo, empieza a planearlo con semanas y meses de antelación. Cuando la manzana cae, puede parecer que ha sido por accidente, eso es parte de su encanto, pero creéme, sabe perfectamente dónde y cuándo esa manzana caerá.

—Haces que suene un poco tenebroso.

—Oh, no. Es el hombre más generoso que conozco. Se entrega por completo a la gente a quien ama. También es una persona de gran integridad en su trabajo.

Isobel arqueó una ceja.

—Mela, sé que eres su tía, pero Alessandro tiene fama de ser bastante ambiguo en cuanto a sus valores morales, por decirlo de alguna manera.

—Sí, por supuesto. Eso le conviene. Sabes que es un hombre que se dedica a rescatar grandes obras de arte que han sido robadas o malversadas. Si no tuviera fama de granuja, nunca habría podido llegar a acercarse a ellas. Pero déjame preguntarte algo, Isobel. Esos museos de renombre internacional, ¿crees que harían negocios con él si supieran que es una persona deshonesta?

Isobel respondió con cautela.

—Bueno, he oído que algunos de ellos no están muy contentos con él en este momento.

—¿Qué quieres decir?

—Salieron un par de noticias en los periódicos en las que aseguraban que algunas de las piezas que les había vendido habían resultado ser falsas o robadas. No sé mucho más.

—No sé nada de eso. Sólo sé que el padre y el abuelo de Alessandro fueron hombres sumamente íntegros. Jamás dijeron o hicieron algo deshonesto en sus vidas y dudo mucho que Alessandro lo haga.

Isobel guardaba silencio. Mela, claramente, adoraba a su sobrino, por lo que pensó que sería muy grosero darle su opinión. Además, la suya tampoco era una opinión parcial.

—Debes conocerlo mejor que nadie —le dijo diplomáticamente.

—Lo vi crecer —dijo Mela, asintiendo—. Tuvo una infancia muy extraña. Mi padre, el último duque, era un hombre extraordinario aunque muy distante. Vivía inmerso en sus libros. Era muy generoso para con las instituciones, pero no tenía ni idea de finanzas. Cuando Alessandro era aún un chico muy joven, la familia estuvo al borde de la ruina. Alessandro tuvo que hacer milagros para poder salvar el *palazzo*. Pero lo hizo y la familia volvió a recuperar su fortuna.

—Fue un gran logro —dijo Isobel, viendo el orgullo en la cara de Mela—. ¿El duque era consciente de lo que Alessandro había hecho?

—Oh, sí. Estaba muy orgulloso de Alessandro. Él lo veía como el digno sucesor de su carrera. Además de eso, eran grandes amigos.

Isobel se bebió su café.

«Alessandro debía haber ocultado al duque la verdadera naturaleza de sus actividades», pensó ella con sequedad.

—¡Qué bien! —dijo Isobel.

—Tengo que decirte que estoy muy disgustada —dijo Mela de repente, mirando intencionadamente a Isobel—, porque tú y Alessandro no estéis comprometidos. Tendrás que perdonar las impertinencias de una pobre vieja, pero sois perfectos el uno para el otro.

—No hay nada que perdonar, Mela. Alessandro está en el top ten de la lista de los solteros de oro, pero no creo que sea el tipo de mujer en el que él esté interesado.

—¿Qué demonios te hace pensar eso?

—Bueno —dijo Isobel, sonrojándose—. A juzgar por la prensa...

—Ah, la prensa otra vez.

—La prensa lo ha relacionado con muchas mujeres y ninguna de ellas se parecía a mí.

—No —dijo Mela, sonriendo—. No tienen nada que ver

contigo. La mayoría de esas historias son parte del mito, Isobel.

—Hay montones de ellas.

—Sí, ha habido muchas. Pero déjame decirte algo, *cara*. Esta mañana en misa recé para dar las gracias por ti. Alessandro nunca se ha tomado a una mujer en serio, hasta ahora.

—Me cuesta creer que a mí me esté tomando en serio.

—Oh, pues si fuera tú me lo creería –dijo Mela–. Naturalmente, ha habido mujeres en su vida, pero ninguna como tú. Nunca lo he oído hablar de una mujer en la forma que habla de ti. Y nunca había visto esa expresión en sus ojos.

—¿Qué expresión? –preguntó Isobel.

—Si todavía no la has visto –dijo Mela, terminándose el café–, tendrás que agudizar tu poder de observación, doctora Roche. Ahora vamos. No debemos llegar tarde a la peluquería.

Mientras que la estilista le masajeaba hábilmente el cuero cabelludo, Isobel se sentía inquieta y nerviosa. ¿Por qué le había contado Mela todas aquellas cosas? ¿Acaso era una casamentera intentando emparejar a su díscolo sobrino con una buena chica para variar, o habría algo de verdad en todas aquellas palabras?

Isobel miró a Mela. Ella estaba señalando una fotografía en una revista y, evidentemente, dando instrucciones a la estilista que la estaba peinando.

—¿Qué me dices de esa estrella de rock? –dijo Isobel a Mela, alzando la voz para que la escuchara a través del ruido de los secadores.

Mela dejó la revista en su regazo.

—¿Quién?

—La sexy vampiresa vestida de cuero negro que siempre aparece en las revistas. Alessandro está siempre con ella. ¿Van en serio?

–¡Te refieres a Xara! Es al menos diez años más joven que Alessandro. ¿Lo sabías?

–Es una mujer muy atractiva, Mela. Ella y Alessandro deben haberle dado trabajo a cientos de *paparazzi* independientemente de su edad.

Mela se rió.

–Querida, ambos se inventaron esa historia. Son grandes amigos desde hace años. Xara también es siciliana. ¿No lo sabías?

–No.

–De hecho, Alessandro y ella son primos lejanos. Ella es una chica estupenda y muy divertida, pero hace un par de años su carrera empezó a caer en picado. Nadie la tomaba en serio, así que ella y Alessandro hicieron un montaje sobre su loca historia de amor para relanzarla a la prensa. También involucraron en ello a un par de *paparazzi*. Todas aquellas fotos obscenas estaban pactadas. ¿Era eso de lo que hablabas?

–Sí.

–Mi querida Isobel, sé que Xara está mucho más preocupada por las bolsas de sus ojos que de que la pillen en un club de mala muerte a las tres de la madrugada. Alessandro es como un hermano para ella. El montaje funcionó a la perfección. Xara pronto lanzó un montón de nuevos éxitos.

–¿Y Alessandro?

–Como te he dicho, a él nunca le viene mal aparecer como un chico travieso en la prensa. Forma parte de su imagen. Si fuera vestido por ahí con un impecable traje color gris y llevando gafas con montura de carey, nunca podría dar alcance a los objetos con los que trabaja.

Isobel se miró en el espejo. ¿Qué era lo que se suponía que debía creer, que Alessandro Mandala era un santo?

Aquello era totalmente ridículo. *Zia* Mela había intentado lavar la imagen de su sobrino, pero de lo que no se había dado cuenta era que, incluso queriendo justificarlo, había cosas que no estaban nada claras. ¿Qué tipo de hombre se construiría una imagen de esa forma? ¿Acaso no había que ser despiadado para poder manipular a la prensa, independientemente de cuales fueran las razones?

Pero de cualquier modo, ¿no era todo aquello demasiado teórico? Ella estaba tan loca por Alessandro, si es que por fin admitía la verdad, que no podía opinar objetivamente sobre él. Alessandro era el amante más maravilloso, la compañía más encantadora y divertida e incluso, la furia que él le había hecho sentir, la había hecho sentir más viva de lo que se había sentido nunca.

Él había hecho que el pulso se le acelerara, que cada átomo de su cuerpo sintiera un cosquilleo y que su alma brillara como un neón dentro de un tubo al encenderse. Y cuando la había tocado, Isobel había pasado de ser la fría y serena doctora Roche a una salvaje tigresa que hacía y sentía cosas que harían derretirse a un iceberg.

Si había alguna oportunidad de huir lo más lejos posible de Alessandro, aquel era el momento preciso. Salir corriendo de la peluquería hacia al aeropuerto y subirse en el próximo avión que despegara sin importarle adónde.

Pero Isobel no se levantó y corrió hacia el aeropuerto. Por el contrario, haciendo uso del poco italiano que había aprendido en el instituto, empezó a charlar con la peluquera sobre cómo hacer que, para esta noche, luciera más bella que nunca.

Para esta noche y para Alessandro.

Capítulo 9

EL *PALAZZO*, siendo tan bonito como era en circunstancias normales, se había convertido en un castillo encantado en aquella noche tan especial. La luna llena, rosada como la piel de una mujer enamorada, resplandecía en un cielo de terciopelo. La carpa, iluminada en su interior, parecía un enorme diamante vibrante de música y risas.

Allí era donde ambos, baile y banquete, un extenso buffet, se situaban. Una orquesta siciliana tocaba *tarantella*. Había comida y bebida por doquier, pero Isobel prefirió salir de la carpa y alejarse de la multitud. Acababa de bajar desde su dormitorio medio esperando encontrarse con Alessandro y medio temiendo ser encontrada.

David Franks fue el primero en verla.

–La comida es deliciosa –le dijo, sacándola de la sombra y llevándola hacia una de las mesas–. El champán es cosecha Bollinger. Nunca he visto festín más espléndido.

Él la condujo hacia donde estaban Theo, Antonio y otro grupo de gente y se aseguró de que tomara una copa de champán y algunas exquisiteces que su estómago estaba demasiado tenso para digerir.

Como era normal, David no se había fijado en su apariencia, mientras que Theo y Antonio se quedaron atónitos al verla.

–¡Dios mío! –dijo Theo, asombrado–. Estás increíble, Isobel.

–¿Increíblemente bien o increíblemente mal? –le preguntó con una sonrisa.

–Para bien –le aseguró Antonio.

–Oh, sí –dijo David sonriendo, examinándola a través de sus gafas–. Pareces una chica, para variar. Ahora que no llevas una máscara de oxígeno en la cara, sé que lo eres.

–Gracias, David. Es muy agradable que te hayas dado cuenta.

–Y sin botellas de nitrógeno a la espalda, David –señaló Theo.

–¡Maldición! Pensé que esas cosas eran suyas –dijo David en tono solemne–. Ya sabes, como congénitas.

–¿De dónde has sacado el vestido? –le preguntó Theo, mirándola de arriba abajo con una expresión que no era la propia de un dedicado arqueólogo observando a su jefe de equipo.

–¡Oh! ¿Este viejo trapillo? –dijo sin darle mayor importancia–. Lleva en mi armario años.

–Cuando el gran duque de Mandala te vea... –dijo Theo intencionadamente.

–No tengo ni idea de qué estáis hablando, lunáticos –les dijo con seriedad.

Para fastidiarla, los tres hombres empezaron a reírse.

–Alessandro te mira de la forma en que Theo mira la moneda de oro de Poseidón –le explicó David.

–¿La moneda de Poseidón? –repitió una profunda y familiar voz–. Espero que esta noche no habléis de trabajo. Esto es una fiesta.

Isobel se giró para mirar de frente a Alessandro. El corazón le latía con fuerza. Llevaba una chaqueta blanca y una pajarita negra que le hacían parecer un playboy multimillonario. Detrás de él lo acompañaban un grupo de bellas mujeres ataviadas con coloridos vestidos de fiesta.

–Mirad lo que os he traído. *Ragazzi*, quiero presentaros a mis bellas primas Sabrina, Giovanna y Lucía. *Ragazze*, éstos son Theo, Antonio y David. Todos ellos son estudiosos además de ser unos perfectos caballeros.

Las presentaciones se llevaron a cabo entre risas y la llegada de refrescos. Sus compañeros estaban tan encantados con la llegada de las tres jóvenes que ninguno de ellos se percató de que Alessandro alejó a Isobel del grupo con la misma maestría que un lobo separa a la oveja elegida fuera del rebaño.

—¿Cuántos primos tienes? —le preguntó escéptica mientras que él deslizaba su fuerte mano por su espalda para sacarla del grupo.

—No sabría decirte cuántos. Por supuesto, muchos son primos segundos y terceros, pero en Sicilia, todos somos primos. Y ahora, déjame verte.

Al llegar a una de las esquinas de la carpa, Alessandro tomó a Isobel de las manos y la apartó la distancia de sus brazos para poder observarla, empezando por los pies que cubrían sus sandalias de tiras doradas. Sus ojos se volvieron vidriosos a medida que se deslizaban por las curvas del cuerpo de ella, acentuadas por aquel vestido color canela. Su boca dibujó una ligera sonrisa y su mirada alcanzó el rostro de Isobel. Los ojos de ambos se encontraron.

—Eres la mujer más bella que jamás he visto —le dijo suavemente.

Alessandro le acarició el pelo. De alguna forma, en contra de su voluntad, había dejado que la estilista la convenciera para ponerla rulos de tal forma que las ondas de su melena estaban recogidas en una coleta baja con un pasador de estrás.

—Pareces una diosa. ¿Puedo decirte algo más? Cuando me acerco a ti Isobel, puedo sentir la fragancia que desprendes.

—Yo no llevo perfume.

—Lo sé, pero es tu esencia. Tu piel, tu pelo, tu aliento, todo tu ser exhala la más embriagadora de las fragancias, como una rosa en un caluroso día de verano. Yo soy como una abeja girando en el aire esperando a perderse por siempre en esos perfumados pétalos.

Él se acercó hacia ella y le rozó el cuello con los labios. Sólo había sido un leve roce, pero todo su cuerpo había respondido a él de la forma más erótica, tensando su piel, endureciendo sus pezones de forma que se marcaban en la ligera tela de su vestido.

—Deseando saborear tu néctar —le susurró él—. Ansiando sentir tu miel en mis labios.

Ella intentó mantener la respiración.

—¡Menuda fiesta estás celebrando! —le dijo con voz agitada.

—Es una ocasión perfecta. Una rosa ha florecido en mi jardín y quiero que todo el mundo la vea.

Él volvió a besarla en el otro lado del cuello, inhalando el perfume de su piel. Las manos de Isobel se abrieron camino y se posaron en sus anchos hombros para evitar que sucumbiera. Él la rodeó de la cintura y la incitó a bailar.

—Esta noche quiero que conozcas a toda mi familia y amigos.

Isobel mantenía los ojos cerrados mientras bailaban.

—¿Más primos?

Ella dejaba que él la llevara a través del ritmo de la *tarantella*.

—Algunos más cercanos que otros. Todo el mundo se muere por conocerte. Vas a encantarles a todos.

—¿Ah, sí?

Él le besó suavemente en los labios.

—¿Harías algo por mí?

—¿Qué? —le preguntó con suspicacia.

—Llevar esto —dijo sacando algo brillante de su bolsillo.

Parecía ser una cadena de oro bastante cara. El colgante era como un pulpo, semejante al que él tenía tatuado en el brazo, pero hecho en diamante.

—Alessandro, ¿qué es esto?

—Sólo un pequeño regalo.

—¡No puedo aceptarlo!

–¿No te gusta?

–Es divino pero...

–Sólo durante esta noche –le dijo colgándole la cadena alrededor del cuello.

Alessandro la miraba fijamente a los ojos mientras le cerraba el broche en la nuca.

–Si al acabar la fiesta decides que no lo quieres, podrás devolvérmelo. ¿Trato hecho?

Isobel miró hacia abajo. La criatura tallada en diamante parecía bailar en su escote.

–No sé por qué haces estas cosas –dijo en vano.

–Te queda genial –volvió a besarla y después la giró–. Ahora, vamos a bailar.

La rosada luna llena que lo veía todo en el jardín estaba empezando a sonreír lánguidamente hacia el cielo que presagiaba el amanecer. Había sido una noche preciosa llena de risas, música y baile. Isobel había conocido a tanta gente aquella noche.

Ahora, mientras Alessandro la conducía a través del bosquecillo de naranjos, casi no podía recordar sus nombres y las caras empezaban a difuminarse unas con otras en su memoria.

–Esto es una pérdida de tiempo, ¿verdad? –le dijo, agachándose bajo las hojas de los naranjos.

Isobel le había retado a mostrarle la tumba del marinero traciano que decía haber encontrado en su jardín. Imprudentemente, ella le había permitido llevarla hasta el bosquecillo de naranjos. Ahora que habían dejado atrás la música y las risas, ella lo agarró de la mano.

–Por supuesto que no –le prometió–. Señalé el lugar con una pequeña casa de verano. Está un poco más adelante.

Isobel había estado bebiendo champán durante toda la noche y estaba un poco achispada. Se reía a carcajadas mientras él la empujaba hacia delante.

–Contigo, nunca sé lo que creer.

–Créetelo todo –le advirtió–. Es más fácil de esa forma.

Entonces llegaron a una pradera. Flores de color claro yacían en la hierba como estrellas. En medio del campo había un elegante edificio parecido a un santuario con columnas de mármol y una bóveda que se veía misterioso a la luz de la luna.

–Aquí está la tumba –le dijo, llevándola a un pequeño montículo de tierra.

Isobel estudió las marcas de la antigua piedra. En verdad parecía ser una lápida antigua. Descifrando la erosionada inscripción en griego antiguo, pudo ver el nombre de Agathokles y alguna referencia al marinero de Tesalia.

–Muy bien –suspiró ella–. Lo reconozco. No estabas mintiendo. Qué sitio tan bonito. Y aquello, ¿es la casa de verano?

–Sí.

–Menuda casita de verano –dijo, asombrada.

–Allí encontramos algunas ruinas –le dijo–. Pensé que probablemente habría un templo en tiempos antiguos, así que construí este lugar para aplacar a los dioses.

–Has estado diciéndome lo buen cristiano que eres –dijo, riéndose–, pero resulta que realmente eres un completo pagano.

–Eso muestra lo virtuoso que soy, respetando todas las religiones.

–¿Qué hay dentro?

–¿Quieres verlo?

–No vas a sacrificarme en un altar pagano, ¿verdad?

–No me des ideas.

Entraron en el templo. Alessandro sacó una llave de su bolsillo y abrió la puerta. Isobel entró primero.

–¡Qué bonito! Lo has decorado como si fuera un salón griego.

–Sí. Lo usamos para hacer pic-nic cuando hace calor. Aquí siempre se está fresco, incluso cuando fuera hace cuarenta grados.

—¿Y la gente se tumba en esos bancos sirviéndose entre ellos uvas y vino?

Alessandro se quitó la chaqueta y la lanzó sobre uno de los divanes de cuero. La camisa a medida ponía de relieve su espléndido físico, su estrecha cintura y sus anchos hombres le hacían tener el porte de un matador.

Ella se detuvo y se frotó los pies.

—He estado bailando toda la noche con estos zapatos nuevos. Me están empezando a doler los pies.

—Déjame que te ayude.

Alessandro puso sus manos alrededor de su cintura y la elevó sin esfuerzo alguno sobre la mesa que era sólida como un altar pagano. Él desabrochó las sandalias y la descalzó. Sus fuertes dedos masajeaban las plantas de sus pies, haciéndola arquear su cuello de placer.

—¡Oh, qué gusto!

—¿Qué tal?

—Como el paraíso.

—Bailas tan bien. Eres como una pluma entre mis brazos.

—Eso es porque tú eres muy fuerte. Soy muy patosa, en serio.

Él se inclinó y besó sus pies con cálidos y aterciopelados labios contra su fría piel. Su boca le acarició el empeine y después le besó los dedos de los pies, uno a uno. Era algo intensamente erótico y dulce al mismo tiempo. Ella se reía suavemente.

—Sólo tú, Alessandro, querrías besar los pies de una mujer después de haber estado bailando toda la noche.

—Sólo tus pies. Tienes los pies más sexys del mundo.

Su cálida lengua se deslizaba entre los dedos de sus pies haciéndola estremecer.

—Y los dedos de los pies más sexys, y todo lo más sexy.

Isobel, bañada por la luz plateada de la luna, temblaba por aquellos besos con los que él cubría sus talones y tobillos.

—Acabo de averiguar algo sobre ti.

—¿Qué? –dijo mientras le besaba los tobillos.

—Eres un hombre muy sofisticado, pero también muy básico. Muy animal. Necesitas olerlo y saborearlo todo.

—¿Acaso es eso malo?

—Nunca he conocido a nadie como tú, Alessandro.

Sus besos estaban ascendiendo peligrosamente por sus muslos.

—¿Sí?

—Dijiste que no ibas a sacrificarme en un altar pagano.

—Tienes razón. Los divanes son mucho más cómodos.

La tomó entre sus brazos y la recostó sobre uno de los divanes de cuero.

—Toda esa gente que he conocido esta noche, ¿qué les has contado sobre mí, Alessandro? –le preguntó, alzando la cabeza para mirar aquellos ojos azules.

—¿Por qué?

—Le dijiste a Mela que tú y yo éramos...

—¿Éramos qué?

—Que éramos mucho más de lo que realmente somos.

—¿Y qué es lo que somos, querida Isobel?

—Para mí, tú eres el mismo diablo con pajarita –le respondió–. Para ti, yo soy sólo un juguete de verano. Una rosa florecida que se marchitará y será reemplazada por otra nueva flor.

—¿Eso crees?

—No tienes derecho a hacerle pensar a tu tía que estamos comprometidos o algo parecido. Obviamente está desesperada por encontrarte una buena chica y piensa que ésa soy yo. Incluso me dijo que rezó en misa dando las gracias por mí. No puedes dejar que se engañe de esa forma, Alessandro. No es broma.

Alessandro acariciaba las curvas de su cuerpo a través de la seda color canela.

–¿Y si te dijera que yo también recé para dar las gracias por ti?

–¡Pero si te quedaste dormido en misa! –contestó ella.

–De ninguna manera. Cerré los ojos momentáneamente mientras rezaba. Eso es todo.

–Todo el mundo pudo oír cómo roncabas mientras el sacerdote daba el sermón.

–Ahora sí que te lo estás inventando todo. Yo nunca ronco.

–¿De veras? Quizá debería confirmarlo con una de tus primas. Por ejemplo Xara, la princesa del cuero negro.

Él se rió.

–¿Quién te ha contado lo de Xara?

–Alessandro, todo el mundo sabe lo tuyo con Xara. Tu tía Mela me ha contado que todo fue un montaje para darle la publicidad que necesitaba.

–Es cierto.

–Y reforzar tu imagen de chico malo.

–En un segundo plano, pero también es cierto.

–¿No te avergüenzas de ti mismo por contar tales mentiras?

–Querida, los *paparazzi* estaban metidos en el asunto. Créeme, normalmente lo están. Necesitan ese tipo de historias.

–Entonces, ¿sólo es el público quien se siente defraudado?

–¿Crees que al público le importa? En absoluto, Isobel. La gente que lee esas revistas sólo quiere una historia excitante y unas cuantas fotos sugerentes. No les importa si es cierto o no. Sólo es mito, leyenda, cotilleo. Fue un viejo amigo suyo quien la puso de nuevo en el ojo del huracán. Los *paparazzi* buscan buenas historias, los lectores se divierten un rato y todos felices. Todo el mundo tiene lo que quiere. Es un juego, eso es todo.

–Eso es lo que me disgusta tanto de ti –dijo con voz sombría–. Para ti todo es un juego.

–Cariño, te aseguro que estás muy equivocada. Hay muchas cosas en la vida que me tomo totalmente en serio.

–Oh, sí. Sabes lo que quieres. Ya me has explicado esa filosofía. El fin justifica los medios, ¿no es así?

–Tú lo expresas de manera más sucinta que yo, pero supongo que es exacto. Valoro el éxito, no el fracaso.

–¿A cualquier precio? ¿Incluso si tienes que mentir y estafar para lograrlo?

–Si tengo una filosofía, como tú la llamas, es para curar al paciente independientemente de los medios.

–¿Pero acaso no estás ayudando a incentivar la suma total de malas acciones que hay en el mundo?

–No discutamos esta noche, cariño –le dijo suavemente, inclinándose para besarla en el suave valle entre sus pechos–. Me entenderás mejor según pase el tiempo.

Los dedos de Isobel deshicieron el nudo de la negra pajarita. Aquello no era, ni mucho menos, señal de que él había ganado la batalla, pero ciertamente lo era de que ella se había rendido a la pasión con que él la llenaba.

Él le besó suavemente y dulcemente por todo el rostro. Le besó las mejillas y los labios hasta que logró que éstos se separaran para saborear el interior de su boca.

Isobel desabrochó los botones de la camisa de él con urgencia para poder deslizar sus brazos por su ardiente y bronceado pecho y hundir sus dedos en sus musculosos hombros.

Alessandro gemía de deseo mientras inhalaba el perfume que desprendían su piel y su cuerpo al besarla en el cuello y detrás de las orejas. Mientras ella le desvestía, él intentaba desnudarla deslizando su vestido color canela por sus hombros, dejando en evidencia la suave calidez de sus pechos.

–Eres tan viril –le susurró apasionadamente mientras clavaba sus uñas en los tendones de los brazos que la sujetaban–. Eres el hombre más viril que he conocido nunca. No sé si eres un ángel o un demonio, un espíritu o un animal.

–Y tú eres la mujer más femenina que jamás he conocido –le dijo, besándole en la garganta–. La criatura más sexy, adorable y femenina que a pesar de ello, no resulta débil. Tu cuerpo es fuerte y sólido Isobel, hecho para el amor y para dar vida.

Ella gimió al sentir que él tomaba sus senos en sus manos. Estaban crecidos por el deseo, suaves y erguidos a medida que sus pezones se endurecían antes de que él los tomara en su boca y los succionara, suavemente primero y lo suficientemente fuerte después para hacerla gritar de placer y estremecerse toda ella.

–Oh, Alessandro. Te quiero tanto.

Él la despojó de su vestido cubriendo sus pechos de millones de besos.

–Adoro tus senos –le susurró él–. Cuando los lamo, puedo saborear el sabor del aceite en tu piel como el romero que crece al borde del mar.

Alessandro seguía besándola en las clavículas.

–Cuando te vi por primera vez saliendo del mar, eras como Afrodita. Entonces deseé que estuvieras desnuda para poder hacerte el amor allí mismo, sobre aquella roca.

Isobel podía sentir su excitación entre sus muslos al igual que él, suponía, debía sentirse ahora que su virilidad esperaba impaciente y erguida contra su muslo. Con picardía, ella dejó que sus manos se deslizaran por su torso para incitarle a empujarle más fuerte contra ella.

Alessandro murmuró su nombre mientras le acariciaba la garganta y todas aquellas zonas erógenas en las que él podía embriagarse de la fragancia de su cuerpo. Sus aterciopelados besos recorrieron todo su vientre, apreciando la femenina solidez que aquellos músculos habían adquirido a fuerza de bucear.

En ocasiones anteriores, su forma de hacer el amor había sido suave y dulce, como si casi temiera poder romperla entre sus brazos cual frágil porcelana, pero aquella noche Alessandro parecía querer devorarla viva. Isobel escuchó cómo, al despojarla de su ropa impacientemente, se habían rasgado las costuras. Desnudo, a la luz de la luna, Alessandro era como un dios de exuberante hombría.

Ahora, excepto por el colgante que lucía en su cuello en forma de pulpo, ella también estaba desnuda. Los pechos de Isobel se inclinaron ligeramente hacia delante al arrodillarse para tomarlo en su boca. Al hacerlo, pudo sentir cómo crecía su excitación y con ayuda de la lengua y los dientes lo condujo hacia una pasión más incandescente que lo hacía cada vez más grande y más fuerte hasta que, por fin, pudo sentir el sedoso sabor de su placer en el paladar.

Ésa fue su gran recompensa. El poder sentir cómo todo el cuerpo de Alessandro reaccionaba a aquel intenso placer que ella le estaba proporcionando. Él acariciaba los mechones de su pelo hasta que encontró el pasador de estrás que la estilista de Palermo le había vendido esa misma mañana. Él lo desabrochó y dejó que su ondulada melena cayera sobre sus hombros.

–Quiero tenerte entre mis labios –jadeó Alessandro apartándola de él, empujándola de espaldas.

Ahora era el turno de Isobel. Se entregó por completo mientras que Alessandro hundía el rostro entre sus muslos y devoraba vorazmente su sexo. Sus brazos rodeaban fuertemente sus caderas y su trasero, elevándola para poder devorarla con destreza.

Isobel no dudó ni un momento cuando Alessandro le dijo que le encantaba el sabor de su cuerpo. Ella lo sabía por cada uno de los movimientos que él hacía. Una explosión de placer inundó su mente mientras que él la devoraba sin piedad.

Aquella vez ella también era una amante diferente.

Esta vez Isobel no escondía nada y mientras el goce erótico se apoderaba de ella, enrolló los dedos en el grueso cabello de él. Oleada tras oleada, mientras su gozo aumentaba, Isobel se sentía una verdadera diosa del mar. Tan pronto la marea la había inundado y retrocedía, una nueva oleada se sucedía. Isobel nunca había pensado que pudiera ser capaz de sentir tanto placer, tanta entrega.

—El altar —le susurró con una voz profunda que no parecía provenir de ella misma—. Ponme en el altar, Alessandro.

Él entendió enseguida. Con una fuerza enorme, tan excitante y tranquilizadora a la vez, la elevó entre sus brazos para llevarla hasta el altar de mármol y sentarla en el extremo.

Isobel puso los brazos alrededor de su cuello y lo miró fijamente a los ojos. La luz de la luna bañaba su pálido y desnudo cuerpo. Mientras tanto, Alessandro permanecía entre sus muslos. Isobel estaba a la altura perfecta para que él la penetrara y se deslizara más y más profundo dentro de ella.

La boca de Isobel se elevó hacia él mientras que Alessandro le hacía el amor. Sus sacudidas eran fluidas, rítmicas y el placer era cada vez más grande y pleno. Isobel le rodeó con las piernas para seguir el ritmo de sus sacudidas. Sentía como si el corazón fuera a estallarle y el placer era tan, tan delicioso que le hacía bombear más rápido y más fuerte hasta que supo que ambos estaban listos.

Ella se abandonó al placer, sollozando mientras sentía cómo él se derramaba en su interior estrechándola en sus brazos.

Aquello fue una unión más allá de lo físico, del tiempo y del lugar y, por alguna razón, Isobel oyó que una profunda y femenina voz le decía, con total certeza, que aquél era, ahora y por siempre, su hombre.

Capítulo 10

DAVID Franks salió a la superficie. Isobel le ayudó a subir su equipo de buceo a bordo mientras que él subía por las escaleras, totalmente emocionado.

—Espera a ver lo que hay en la cesta —le dijo, sonriéndole mientras izaba la cuerda—. Este lugar es impresionante, Isobel. Las cosas aparecen casi sin tener que buscarlas.

La cuerda seguía subiendo. Theo Makarios nadaba junto a la cesta para asegurarse de que nada fuera mal. Isobel y Antonio ayudaban a David a quitarse el neopreno y guardar su equipo.

El día después de la fiesta había empezado bastante tarde para todo el mundo. Para Isobel, que no se había acostado hasta después de tomar el desayuno en un acantilado con vistas al mar, la idea de ponerse en marcha le había resultado imposible hasta después de haber dormido algo. No se despertó hasta después de la hora de comer. Su cuerpo aún era consciente de cada uno de los deliciosos momentos que Alessandro le había hecho sentir.

Excepto por el pulpo de diamantes que aún colgaba de su cuello, bien podría haber creído que todo había sido un sueño. Antes de bajar al pecio, lo había dejado en su dormitorio para evitar perderlo y evitar también darle a entender a sus compañeros el obvio mensaje que el colgante proclamaba.

—Aquí llega —gritó Theo.

La cesta salió a la superficie chorreando agua por los

lados. Asegurada en un rollo de plástico protector había un objeto cilíndrico que parecía pesado mientras los hombres lo elevaban hasta el barco.

David salió a flote y se quitó las gafas de bucear dedicándoles una gran sonrisa.

—¡Espera a ver esto!

—No puedo esperar más —dijo Isobel, impaciente.

Todos le ayudaron a subir a bordo y entonces, impacientes, desenvolvieron el misterioso paquete. Antonio Zaccaria exclamó de asombro cuando apareció una espléndida estatua de bronce antigua. A pesar de que le faltaban los brazos y la cabeza, el musculoso torso del joven atleta había sido maravillosamente modelado por el artista.

Por muchos motivos, era un hallazgo magnífico. Los tres hombres hablaban a la vez emocionados por lo que habían encontrado. Pero Isobel no dijo nada. Ella simplemente miraba a la estatua, entumecida. Isobel la había visto antes, pero no en el naufragio.

La última vez que la había visto estaba siendo transportada al interior del *palazzo* Mandala en la víspera de San Juan, envuelta en arpillera. Dos jóvenes habían hecho la entrega en una vieja furgoneta granate.

Y, mirando hacia atrás, recordó que desde el principio siempre había presentido que había algo raro en aquel sitio.

Algo muy extraño y a la vez tan obvio ahora que, se daba cuenta que aquello no era ninguna galera. No había ni rastro de madera ni ningún otro indicativo que señalara que alguna vez, allí, había habido un barco.

Habían aceptado como estúpidos que la explicación a que no hubiera rastros de madera se debía a que se había podrido siglos antes. Después de todo, es algo que sucede algunas veces. Así que, guiados por la distribución de los artefactos en el fondo marino, se habían confiado de su imaginario Vector Alpha y habían comenzado a sacar felizmente a la superficie todo lo que allí se encontraba.

¡Y qué fácil había sido! La furia se apoderaba de ella mientras recordaba cuántas veces habían comentado lo fácilmente que aparecían las cosas sin tener casi que buscarlas.

¡Por supuesto que aparecían! Alguien con un gran corazón se había encargado de lanzar los artefactos al mar para que ellos los encontraran.

Todo había sido una trampa. Una dulce trampa.

Isobel lo supo en el mismo instante en que la estatua de bronce emergía del agua. Los tres hombres ahora canturreaban en la cripta ajenos a cómo Alessandro se había burlado de todos ellos.

Isobel, agitada por la ira, estaba sentada en su habitación al lado del teléfono. Estaba tan furiosa que le resultaba difícil poner sus pensamientos en orden incluso ahora que era tan simple, tan obvio. La mañana en que lo había conocido, no estaba robando la moneda de oro del yacimiento, oh, no. Era al revés. Lo que estaba haciendo era depositarla allí.

Una hora o dos antes de que alguien llegara, dejaba caer un montón de monedas y sembraba el lugar con objetos tentadores. Y así, día tras día él, o mejor dicho sus secuaces, habían pasado por el yacimiento para dejar caer algún tesoro y poco a poco prologándolo todo lo posible para disfrutar al máximo de aquel juego.

Una broma tan inteligente, tan sofisticada, tan perversa como sólo el duque de Mandala podía haberla planeado.

«Te quiero de una manera tan intensa que podría cometer cualquier locura para poseerte».

Eso era lo que le había dicho. Todo había sido un elaborado juego con el único objeto de poseerla, sin importar cuál fuera el precio. El deseo estaba detrás de todo lo que él había hecho. «El fin justifica los medios». Ésa era su filosofía. Cualquier locura, cualquier temeridad se justificaba si lo ayudaba a conseguir lo que quería. Isobel agitó la cabeza con amargura. Seducción a gran escala. Una conquista planificada con semanas de antelación, disfrutadas al máximo. Sin duda, para él debía haber sido divertidísimo.

Alessandro sabía perfectamente, tal y como Mela había dicho, dónde y cuándo caería la manzana.

Pero para ella no era nada divertido. Él la había tratado como un peón en una partida de ajedrez a gran escala. Alessandro había jugado con todos, haciéndolos perder el tiempo, su dinero, su inteligencia, su carrera y poniendo en peligro la reputación de la Fundación Berger.

Alessandro había puesto personalmente a Isobel en una posición imposible. Había pensado en sentarse con sus tres compañeros para contarles el engaño y explicarles lo idiotas que les había hecho sentirse el duque de Mandala. Pero no había sido capaz, no sólo por la humillación personal de tener que contarles lo suyo con Alessandro sino por su desilusión y desengaño al reconocer que todo había sido una pérdida de tiempo y esfuerzo. Aquello era algo muy duro a lo que enfrentarse.

Y aún quedaba la doctora Bristow en Nueva York, el consejo de administración y sus sanciones disciplinarias. Alessandro ya la había involucrado en una operación ilegal. Si aquello se supiera, ¿qué repercusiones tendría en su reputación? Durante los próximos años, todo el mundo se reiría de ella.

La brillante y joven arqueóloga que se ha dejado engañar por unas vasijas cuidadosamente dispuestas en el fondo marino. La doctora que ha sido seducida intelectual, física y emocionalmente por un sinvergüenza que ha vendido esculturas falsas al Getty y estatuas robadas al Museo Británico.

Los ojos se le llenaron de lágrimas por la ira y por la humillación. Fijó la mirada en el teléfono. No había otra salida. Rápidamente agarró el auricular. La mano le temblaba.

El taxi llegó al aeropuerto de Catania justo antes de media noche. A pesar de lo tarde que era, el aeropuerto estaba abarrotado. Isobel tuvo que abrirse camino entre la multitud para llegar a los puestos de facturación. Facturó su equipaje, agarró su pasaje y se dirigió hacia las puertas de embarque.

Después se encontró al final de una larga cola para pasar el control de seguridad. Su destino era Milán. Allí, con suerte, podría darse alguna cancelación y podría volar directamente a Nueva York. Probablemente iba a ser una noche muy larga, pero lo único que le importaba era que regresaba a casa.

Isobel se frotó los ojos cansada. Salir del *palazzo* había sido más rápido y fácil de lo que había pensado. Sus tres compañeros habían sido muy amables y comprensivos con su situación, su abuela estaba muy enferma y la necesitaba, y se compadecieron por ella por tener que marcharse justo ahora que habían hecho el descubrimiento más importante del rescate.

Sí, aquél había sido sin duda el más importante, pero, sin embargo, ella les aseguró que tenía el presentimiento de que los brazos y la cabeza no andarían lejos y que misteriosamente, como Afrodita, emergerían a la superficie marina. Isobel no podía explicarlo. Sólo era un presentimiento.

Gracias a Dios Alessandro se encontraba fuera del *palazzo* por negocios. Así que no tuvo que enfrentarse a él. Si lo hubiera hecho, tenía dudas de que hubiera podido contenerse y contarle exactamente lo que pensaba de él. Y después lo habría golpeado en la cabeza con un candelabro.

Pero todo a su tiempo. Isobel se hizo la promesa de que, algún día, le haría pagar por todo lo que le había hecho. Algún día, ella lo visitaría en alguna cárcel de máxima seguridad en la que estuviera encerrado y le haría saber lo que se siente al ser engañado, desilusionado y traicionado. Ella se lo diría.

Una fuerte mano la agarró del hombro haciéndola girarse.

–¿Qué estás haciendo, Isobel? –le preguntó Alessandro.

El corazón de Isobel pareció dejar de latir al ver el rostro autoritario de él. Sus ojos eran decididos y su boca, normalmente tan apasionada, estaba totalmente rígida. Por un momento Isobel pensó que había ido hasta allí para reclamarla y llevarla de vuelta al palacio como un tenebroso rey de cuento de hadas. Entonces fue cuando Isobel se decidió a controlar el pánico. Aquello no era un cuento de hadas. Era la vida real. Ella era una mujer adulta en el aeropuerto. Pronto podría librarse de aquel hombre para siempre.

–Regresó a casa, Alessandro –dijo, tratando inútilmente soltarse de su brazo.

–¿Sin decírmelo?

–Parece ser que lo has descubierto sin necesidad de que lo hiciera.

–Volví al *palazzo* tarde. Me dijeron que te habías marchado. He conducido hasta aquí como un loco intentando alcanzarte antes de que subieras a algún avión. ¿Por qué haces esto?

–En primer lugar, nunca debía haber venido. Ahora estoy rectificando ese error. Por favor Alessandro, suéltame. Me estás haciendo daño.

–Vayamos a algún lugar más íntimo y hablemos, Isobel.

–Tengo que tomar un avión.

–Tienes una hora antes de que anuncien tu vuelo. Allí hay una cafetería. Por favor, sentémonos un momento a hablar.

–No tenemos nada de que hablar.

–Isobel, sé que tu abuela se encuentra perfectamente bien. He telefoneado a tu padre para confirmarlo. Así que, ¿por qué escapas como un ladrón en mitad de la noche sin decirme nada?

–Eres increíble. ¿Me estás llamando ladrona? ¿Cómo te atreves?

Alessandro agarró su equipaje de mano y tomó a Isobel del brazo para sacarla de la cola y conducirla hasta la cafetería.

–¿Por qué haces esto? –le preguntó sin más preámbulos.

Su furia hizo que un escalofrío le recorriera la espalda.

–No me dejas otra opción.

–¿Acaso la otra noche no significó nada para ti? –le preguntó con voz grave, inclinándose en la mesa para mirarla a la cara–. ¿Ninguna de las veces que hemos hecho el amor han significado nada?

–Alessandro –dijo, intentado mantener la voz firme–, quisiste hacerme el amor y tuviste lo que querías. Espero que estés contento. Pero el juego se ha terminado ahora. La estatua griega de bronce que encontramos esta mañana, da la casualidad de que vi cómo la entregaban en el *palazzo* hace dos días. Sé que has estado tirando cosas al mar para que nosotros las encontráramos.

–Ah. ¡Así que es eso! –dijo con voz más calmada. Su expresión había cambiado ligeramente.

–Sí, Alessandro, es eso. Te has reído de nosotros. Seguro que tú estas muy orgulloso de lo que has hecho y te has divertido mucho con tu astucia, pero déjame que te explique un par de cosas. Lo que me has hecho a mí es una cosa. Puedo entender que pensaras que era una arrogante joven idiota que necesitaba que le bajaran los humos. Quizá tengas razón. Quizá necesitaba aprender la lección, pero David, Theo y Antonio, ¿acaso también ellos merecían ser ridiculizados? ¿Crees que merecían perder su tiempo y comprometer su reputación?

—Nadie se ha visto comprometido —respondió él—. La única persona que se está poniendo en ridículo ahora mismo eres tú.

—No tendré en cuenta ese insulto porque no voy a permitir que nada de lo que me digas me afecte más. ¿No lo entiendes, Alessandro? Lo he descubierto todo. No hay ninguna galera hundida allí abajo. Nunca la hubo. Simplemente has depositado un montón de objetos allí para atraerme lo más cerca posible para poder seducirme.

—¿Es eso lo que crees?

—Sí, Alessandro. Es lo que pienso —respondió, luchando por mantener la voz firme.

—¿Crees que manipulé el naufragio?

—¡Sí!

—¿Que me puse mi traje de buceo y pacientemente deposité un museo de artefactos antiguos en el fondo del mar esperando que tú fueras a encontrarlos?

—Bueno...

—¿Crees que me tomé tanta molestia para hacer que cayeras en mis brazos? Sin hablar del coste, puesto que los materiales que habéis recuperado son muy valiosos. La estatua de bronce que habéis encontrado hoy es una pieza magnífica propia de un museo. ¿Crees que pondría en juego todos esos objetos y todo ese dinero sólo para acercarme a ti? Mi querida Isobel. Es extraño ver que te has quedado sin palabras. ¿Te ha comido la lengua el gato?

—¿Qué estabas haciendo en el naufragio la mañana en que nos conocimos? ¿Acaso no estabas dejando allí la vasija de monedas para que pudiéramos encontrarlas una hora después?

—Eso sería un comportamiento muy extraño. Arrojar una pequeña fortuna en monedas únicas y valiosas al fondo del mar. ¿Estás segura de que eso es lo que viste? Entonces estabas convencida de que era un ladrón. Quizá ahora también estés equivocada.

–Sé que hay algún truco, Alessandro. Quizá no sepa los detalles, pero sé que hay algo raro en ese pecio y sé que tú estás detrás de ello.

El camarero llegó para tomarles nota. Alessandro pidió dos expresos. Isobel seguía sentada allí, mirando a través de la ventana que daba a la pista de aterrizaje. Le sudaban las manos.

En cuanto el camarero se hubo marchado, Alessandro retomó la conversación.

–Eres tan bella. Nunca te tomé por una estúpida. Eres una mujer brillante y te respeto profundamente por tu inteligencia.

–Es un poco tarde para los halagos.

–No te estoy adulando. Te estoy diciendo la verdad –ella se resistió cuando sintió que él le acariciaba la cara–. Mírame, Isobel.

Ella se obligó a mirarlo a la cara otra vez. Era el rostro masculino más bello que jamás contemplaría, así como los ojos más profundos y penetrantes.

–¿Qué?

–Escúchame. Si tus sospechas son ciertas y resulta que falseé todo, entonces estás frente a un hombre que te adora. Un hombre que te ama tan locamente que llegaría tan lejos por ti, diseñando un elaborado esquema que le costaría una fortuna sólo para atraerte hasta su casa.

–Cualquier locura, cualquier temeridad. Ésas fueron tus palabras.

–Sí que lo son. Pero tienes que admitir que es extraño encontrar a alguien que te quiera tanto. Podrías vivir otros cien años y no encontrar nunca un hombre que te quisiera tanto. Podría decirse que eres muy estúpida por alejarte del hombre que te quiere de esa forma.

–Maldito seas, Alessandro –le susurró con los ojos llenos de lágrimas.

–Por otro lado, consideremos que te equivocas. Supongamos que tu propia vanidad te ha hecho malinterpretar los hechos.

–¡Eres el hombre más odioso que conozco!

–Y tú eres la mujer más adorable que he conocido –le dijo, dedicándole una sonrisa–. Pero supongamos que ése es el caso. ¿No sería mejor anunciar que tu querida abuela se ha recuperado de repente y volver a lo que está siendo un rescate arqueológico muy productivo que seguramente contribuirá a realzar tu reputación como estudiosa de la historia antigua?

–No lo creo.

–¿Por qué huir de la cosa más importante que sucede en tu carrera? –le preguntó–. ¿Sólo por un ataque de ira? No seas tonta, Isobel. Tú y tus compañeros habéis descubierto cosas maravillosas allá abajo. Cosas que no habían visto la luz durante miles de años. Pronto las mejores piezas serán expuestas en vuestro museo en Nueva York, deleitando al público y colmándote de gloria a ti y la Fundación Berger. Todo el mundo sale ganando, querida. Nadie pierde.

–Eres un ladrón. No tienes ningún sentido de la moral, ¿verdad? Bueno, no sé de dónde sacaste todas esas cosas, Alessandro, pero sé que fueron robadas de algún sitio. Y sí, acabarán expuestas en la Fundación Berger porque no voy a dar la alarma contra ti. Mucha gente se sentiría herida, incluidos mis amigos –sus ojos despedían llamas verdes contra él–. Pero siempre sabré que la procedencia de esos objetos es dudosa y, por mi parte, siempre sentiré vergüenza de haberme visto mezclada en este sucio juego tuyo. ¡Siempre te despreciaré profundamente!

Isobel se terminó el café mientras Alessandro la observaba. Ahora, ella se alegraba de ver que la risa se había disipado de sus ojos.

–¿Es ésa tu última palabra? –le preguntó.

–Tengo más cosas que decirte, pero debo tomar un avión. Sin duda es lo mejor para ambos. De todas formas, allá van unas pocas. Eres lo suficientemente rico e indulgente como para permitirte pagar cualquier locura.

Y has dado pruebas de ello. Estoy segura de que puedes costearte dejar desperdigados unas cuantas obras de arte para lograr meterme en tu cama. Pero ¿nunca se te ha ocurrido que un yacimiento arqueológico es algo más que unas cuantas obras de arte? Es un pedazo de historia, Alessandro. Es íntegra. Cada uno de los objetos del yacimiento está relacionado con otro. Especialmente, en un barco. Es una instantánea valiosísima de un mundo perdido para siempre. Será estudiado durante años por gente seria. Manipular el yacimiento y llenarlo con distintos artículos le ha restado todo valor arqueológico. Has dado a entender que no te importan en absoluto las cosas que pretendes amar. Y, en cuanto a todas esas lindas palabras, sé que no significo nada para ti. Simplemente he sido un objeto de diversión para ti. Bien, espero que te hayas divertido, porque no volverás a verme nunca más.

Isobel se levantó y agarró su maleta. Sus ojos estaban tan llenos de lágrimas que casi no podía ver hacia dónde se dirigía. Ella sintió cómo él asía la maleta.

—Es demasiado pesada para ti —le oyó decir—. Déjame que la lleve por ti.

En aquel momento ni siquiera intentó contener las lágrimas.

—Incluso aunque pudiera entender por qué planeaste algo tan enrevesado, no puedo entender por qué no me dijiste la verdad cuando nos convertimos en amantes. ¿Cómo podías hacerme el amor sabiendo que me estabas engañando? ¿Acaso no debe ser el sexo la cosa más honesta que existe? ¿No debe estar el amor libre de todo disfraz?

—Sí, tienes razón. Pero quizá las cosas no son tan simples como las pintas. La vida no es un cómic, Isobel.

—No necesito que me digas eso.

—Cuando te dije que me había enamorado de ti la primera vez que te vi, no me refería a la forma inmadura en que un chico se enamora de una estrella del cine, Isobel. Lo dije en el más profundo sentido de un hombre adulto al que, una mujer que nunca ha visto antes, le ha robado el corazón y sabiendo que nunca podrá ser feliz con ninguna otra mujer.

Habían llegado al control de seguridad donde el equipaje pasaba por rayos X.

—Dame mi maleta.

—No te conocía —continuó él—, pero conocía el mundo del que provenías y sabía exactamente qué pensarías de mí. Fue tan fácil acercarme a ti, Isobel.

Ella se giró hacia él, secándose las pestañas.

—Así que admites que todo ha sido un engaño.

—Reconozco que te amo con locura. Y admito que debí contarte la verdad. Debí decirte la verdad muy pronto. Simplemente estaba esperando el momento oportuno.

—Ya es demasiado tarde. No tienes ni idea de lo que has hecho —dijo, dando media vuelta para marcharse—. La más remota idea.

—Te amo, Isobel.

Ella le miró a los ojos.

—Espero que sea verdad, porque si es así, vas a sufrir mucho Alessandro. Tanto, como yo estoy sufriendo ahora.

Isobel metió su maleta en el aparato de rayos X y pasó a través del detector de metales.

Isobel no miró hacia atrás. No quería que Alessandro viera que estaba llorando otra vez, como si el corazón se le hubiera partido.

Capítulo 11

LA FILIAL norteamericana de Sotheby's no tenía el mismo encanto que la institución londinense, pero, tal y como Isobel vio al salir del coche, poder aparcar era mucho más fácil que en Bond Street.

Dejó el coche aparcado en la quinta planta de un garaje en la calle setenta y dos y después se dirigió andando a la casa de subastas.

Iba a ser un día muy ajetreado. La subasta de esa mañana era una gran oportunidad para poder adquirir algunas piezas egipcias para la Fundación Berger. Esta noche era la fiesta de gala en el museo para celebrar la llegada de las piezas arqueológicas de Sicilia que habían sido transportadas a lo largo de la semana.

Habían pasado cuatro meses desde que se marchó de Sicilia hecha un mar de lágrimas. Desde entonces, había archivado montones de papeles y clasificado cientos de objetos descubiertos bajo las aguas del Mediterráneo y que ahora pertenecían a la Fundación Berger. Ahora, todo tendría que ser investigado, catalogado y restaurado si era necesario. Quizá les llevaría un año organizarlo todo antes de poder exhibirlo al público. Sin embargo, aquella noche era una noche especial para los miembros de la Fundación Berger y otras personalidades en las que se encontraba el alcalde de Nueva York.

Su padre y su madrastra también iban a Long Island para la ocasión.

Casualmente, hoy era también el día en que tenía lugar una importante subasta en Sotheby's e Isobel, como de costumbre, había sido seleccionada para pujar. Con suerte, habría otro motivo por el que celebrar esta noche.

Entrar a aquella casa de subastas siempre le hacía que se le acelerara el pulso. La subasta de hoy ya había comenzado a las once de la mañana. Al entrar en la sala, la voz amplificada del subastador denotaba que la puja estaba muy animada.

Isobel tomó asiento. A su lado, estaba sentado alguien que ella conocía. Un distinguido caballero de barba plateada, un comerciante de arte llamado Armen Abrahamian que era uno de los hombres mejor informados y con más experiencia dentro de la profesión.

Él la saludó al sentarse.

—Hola, Isobel. ¿Has venido por las monedas griegas?

—Hola, Armen. No, tengo todas las monedas que necesito. Estoy aquí por la joyería egipcia.

—Ah —dijo obviamente aliviado de no tener que competir con ella—. Sí, claro, me lo imagino. He oído que esta noche hay una gala para celebrar vuestras adquisiciones en Sicilia.

—Sí, es cierto.

—¿Y el duque de Mandala será el invitado de honor?

—Él no asistirá —le dijo, ocultando su satisfacción.

Armen sacudió la cabeza.

—¿No? Oí que él patrocinaba toda la excavación.

—Él colaboró —le cortó bruscamente.

—¿Pero no lo bastante como para conseguir una invitación? —preguntó con el acento de su Rusia natal—. ¡Qué extraño!

—Desafortunadamente, el duque tenía otros compromisos esta noche. Parece ser que está en uno de sus viajes de negocios —le dijo para tranquilizarle.

Armen Abrahamian se rió.

—No eres miembro de su club de fans, ¿verdad?

—¿Pero es que tiene uno?

—¡Naturalmente! Desde esta misma mañana. ¿Recuerdas las esculturas de mármol que vendió al Getty? Resultaron ser cien por cien originales.

—¡Bromeas! —dijo Isobel, pero tuvieron que callar.

La subasta de un nuevo lote había comenzado y un silencio expectante se apoderó del salón.

Armen le pasó su periódico, una edición del *New York Times* abierto por la página tres. Isobel leyó rápidamente el artículo cuyo titular era «Las esculturas de mármol del Getty, completamente autentificadas».

Agitada, comenzó a leer y manera fragmentaria:

El desafío sobre la autenticidad de la estatua había provenido de fuentes externas, confirmaba el museo... Una exhaustiva investigación independiente ha revelado que la estatua era incuestionablemente auténtica... El portavoz del Getty ayer enfatizó que el museo confía plenamente en Alessandro Mandala y confirmó que, para el museo, el busto es una de sus mayores adquisiciones y una gran obra de arte.

Isobel miró a Armen, incrédula. El viejo comerciante le sonrió y le susurró:

–Aún hay más. Léelo –le dijo, señalando con el dedo una línea al final del artículo que refería a otro artículo en la página dieciséis.

Isobel buscó esa página. La primera cosa que le llamó la atención fue la fotografía en blanco y negro en mitad del artículo, que mostraba a un Alessandro de una belleza impresionante sujetando un busto de mármol entre sus manos. Ella sitió que el corazón le daba un brinco. Aplacó esa sensación.

Pero el busto de mármol de la fotografía le resultaba familiar. La había visto antes, envuelta en tela de saco, cuando cerca de Selinunte un barco se acercó a ellos para entregársela a Alessandro.

El titular decía así:

«Importante comerciante de arte recupera una obra maestra perdida».
Oficiales del museo arqueológico de Roma han des-

corchado hoy botellas de Asti Spumante al recuperar
una antigua escultura desaparecida desde el pasado
enero y valorada en más de un millón de dólares. El
museo Curator Giorgio di Stefano ha elogiado la labor
del valiente comerciante de arte siciliano, Alessandro
Mandala, por recuperar esta obra de arte...

—Interesante, ¿no crees? –dijo Armen.

—No veo el tercer artículo –respondió ella.

—¿Qué tercer artículo?

—El que confirma su santificación –contestó, devol-
viéndole el *New York Times*–. San Alessandro de Mandala, patrón de los objetos de arte perdidos.

Armen Abrahaim sonrió ligeramente.

—No creo que sea un santo precisamente.

—Yo tampoco.

—Pero tampoco creas todo lo que lees sobre él. No
teme ensuciarse las manos o arriesgar su visa por las
cosas que le importan realmente, y es lo suficientemente rico como para sentarse en un despacho como el
resto de nosotros, si quisiera hacerlo.

—Éste es el primero de mis lotes –dijo, mirando a las
grandes pantallas.

—He oído diez mil dólares atrás... catorce mil, gracias señor. Tengo dieciséis mil a mi derecha...

La puja por el lote, un par de pendientes de oro que
habían lucido en las orejas de alguna noble egipcia, había estado bastante animada al comienzo, pero ella no
se había molestado en pujar. Ahora que la cantidad se
elevaba a veinte mil dólares y el ritmo de la puja había
bajado, Isobel se decidió a participar. Sólo dos o tres
personas más aún continuaban en la puja y sus interven-
ciones cada vez eran más lentas a medida que los puja-
dores se analizaban los unos a los otros.

Alessandro. Mientras que Isobel pujaba automática-
mente, sus pensamientos estaban centrados en el hombre que le había roto el corazón. ¿Por qué no podía de-

jar de pensar en él? ¿Qué era lo que le hacía tan especial? Él era el hombre más listo, divertido y sexy que jamás había conocido, pero había algo más.

Y era lo mucho que la quería. Él la había deseado con una pasión que estaba más allá de toda razón y quizá por eso, más que ninguna otra cosa, le molestaba tanto. Isobel ignoraba lo que eran las grandes emociones. Ese tipo de emoción que hacía que un hombre hiciera las cosas que él había hecho era algo que siempre pensó que sólo existía en el mundo de la fantasía.

Cerró los ojos involuntariamente al recordar la forma en que le había hecho el amor en aquella noche de locura. Tanta pasión... Isobel se estremeció al tiempo que su cuerpo sentía un cosquilleo que le ponía la piel de gallina y endurecía sus pechos al recordarlo. Recordar la forma en que él la había colmado, transfigurado...

–Enhorabuena –dijo Armen, aplaudiendo–. Buena compra.

Isobel se humedeció los labios, dándose cuenta de que había comprado el lote sin ser consciente de ello. Tenía que controlarse. Aquello no era el mejor momento para entrar en trance.

Intentó concentrarse en el siguiente lote, un brazalete de oro en forma de serpiente perteneciente a la misma colección. Esta magnífica pieza saldría a subasta con un precio muy alto, así que necesitaba agudizar el ingenio.

Una vez más la subasta empezó muy deprisa, pero a medida que el precio subía el ritmo empezó a decrecer. Isobel se sumó a la puja. Era un buen momento para comprar antigüedades. Tal y como decían los expertos en finanzas, había poco suministro de dinero y las instituciones como la Fundación Berger estaban en una buena posición para adquirir nuevos tesoros.

Isobel adquirió el brazalete por cincuenta y cinco mil dólares, un buen precio dentro de su presupuesto. Mientras la gente aplaudía, ella se ocupaba de hacer rápidos cálculos. Aquello le dejaba doscientos veinte mil dólares para el objeto más importante de la colección, un anillo de oro perteneciente a la reina egipcia Nefertiti. Utilizó su móvil para llamar a Bárbara Bristow.

—Tenemos los lotes quinientos cincuenta y tres y quinientos cincuenta y cuatro —murmuró, comentándole los precios—. El anillo está estimado en unos ciento cincuenta mil dólares, así que espero poder conseguirlo.

—Buen trabajo. Cruzaré los dedos —dijo la doctora Bristow para animarla, antes del colgar.

El anillo de Nefertiti era una única y exquisita pieza tal y como podía verse en las pantallas del salón de subastas. Hecho de oro macizo, estaba decorado con el cartucho de la bella reina que había sido inmortalizada en un famoso retrato conocido por todo el mundo. El cartucho, su sello personal en caracteres jeroglíficos, tenía incrustaciones de piedras preciosas en rojo y azul a lo largo de su forma oval. Era una pieza maravillosa que todo el mundo seguía deseando de la misma forma que hace tres mil años cuando fue diseñado para ser lucido por una reina.

El subastador antes de comenzar con la subasta, en un intento de resultar divertido, hizo algunos comentarios sobre la reina Nefertiti. Decía que, junto con Helena de Troya y Cleopatra, había sido una de las mujeres más bellas de la historia.

—¿Vas a pujar por él? —murmuró Armen, viendo lo nerviosa que estaba Isobel.

—¡Sí!

—Buena suerte —le dijo.

Ella asintió en señal de gratitud.

Isobel esperó con ansiedad. La venta comenzó a un ritmo vertiginoso. Isobel se esforzaba en mantener la atención.

«Por favor, Alessandro, sal de mi mente en estos cinco minutos», pensaba ella.

El ritmo de la subasta comenzó a bajar al llegar a los setenta y cinco mil dólares.

La subasta no mostraba ningún signo de cerrarse una vez que superaron la cifra de ciento cincuenta mil dólares. Entonces, al llegar a los ciento setenta y cinco mil, hubo una pausa. Ya lo tenía. Isobel contenía la respiración. ¿Iba a conseguir el preciado anillo?

Espontáneamente, la imagen de Alessandro pasó por su cabeza. Había sido en una sala de subastas cuando él la había visto por primera vez. La había observado intencionadamente y, en lo más profundo de su corazón, había decidido que aquélla era la mujer ideal para él.

El pulso se le aceleró aún más. Ahora no necesitaba distracciones.

Pero pensamientos prohibidos le asaltaban una y otra vez. ¿Por qué no había intentado contactar con ella? Si la amaba tan locamente como decía, ¿por qué no había ido en su busca? ¡Habían pasado cuatro meses! Ni una carta, ni una llamada en todo ese tiempo.

Entonces, la puja se puso de nuevo en marcha.

—Qué interesante —le susurró Armen suavemente al oído—. Pues no estaba en un viaje de negocios.

—¿Qué?

Isobel sintió que el corazón se le desbocaba.

—Alessandro Mandala. Está ahí, apoyado en la pared, justo detrás de nosotros. Está pujando contra ti.

Isobel se giró para comprobarlo. Llevaba un traje gris y corbata roja. Sus profundos ojos azules se encontraron con los de ella. Él le dedicó una leve sonrisa.

Isobel no podía contener el aliento.

—La puja es contra usted, señora —le dijo la voz amplificada del subastador.

Isobel se dio cuenta de que le estaba hablando a ella. Apartó los ojos de Alessandro y alzó de nuevo la mirada hacia el frente. Nerviosa, subió la apuesta.

Aturdida, oyó cómo se elevaban las cifras. Se sentía mareada y tenía miedo de desmayarse.

—Aún apuesta contra ti —le susurró Armen Abrahaim.

—¿Qué está haciendo aquí? —dijo con rabia.

Se suponía que estaba en algún remoto lugar del mundo encargándose de algún sucio asunto. ¿Por qué estaba allí? ¿Por qué pujaba contra ella?

Al llegar a los dos mil dólares la audiencia comenzó a aplaudir. Sin duda, era una pieza extraordinaria. Temblando, Isobel se dio cuenta de que, a ese ritmo, sólo podría aguantar cuatro asaltos más.

Hubo otra pausa. Ya lo tenía. Entonces el subastador sonrió.

—Tengo doscientos cinco mil dólares contra usted, señora.

La pausa sólo había servido para torturarla. Isobel alzó la apuesta.

—Gracias, señora. Doscientos diez mil dólares.

Otra pausa.

—Gracias, señor. Doscientos quince mil contra usted, señora.

—Sigue siendo Mandala —le informó Armen—. Aún está sonriendo.

Isobel tomó aire.

—Éste es mi límite —le dijo alzando la apuesta.

—Doscientos veinte mil dólares —entonó el subastador. El salón se hallaba en completo silencio—. Y tengo doscientos veinticinco mil del caballero detrás de usted. ¿Alguien da más?

Isobel quería levantarse y abofetear a Alessandro, pero, sin embargo, subió la apuesta.

—Gracias, señora. Doscientos treinta mil dólares por en anillo de Nefertiti. ¿Tengo doscientos treinta mil?

Isobel apretó la mandíbula y subió la apuesta. La audiencia empezó a dar gritos.

—Creí que dijiste que doscientos veinte mil era tu límite —murmuró Armen.

—Venderé mi coche —le dijo entre dientes.

Después de otra pausa, la apuesta subió a doscientos cuarenta y cinco mil dólares.

–Sigue siendo Mandala –le informó Armen, sin necesidad de hacerlo.

Ella subió la apuesta de nuevo.

–¡Isobel! –le advirtió Armen.

–¡No me importa! ¡No va a conseguirlo!

–¿Cuánto vale tu coche? –le preguntó Armen.

Isobel seguía pujando. La apuesta estaba ahora en un cuarto de millón de dólares.

–Isobel, para ahora –le dijo el viejo.

–¡Venderé mi apartamento!

–No, no lo harás –le dijo Armen Abrahaim gentilmente, sujetándole las manos con sus huesudos dedos cuando intentó apostar otra vez.

La presión era ligera, pero sirvió para pararla.

–Déjalo –murmuró Armen.

–Es una pieza única en el mundo –dijo con los ojos llenos de lágrimas–. ¿Por qué tiene que llevárselo?

–Olvídalo. Siempre consigue lo que quiere.

Aquélla no era una respuesta tranquilizadora. Isobel permaneció allí sentada, incapaz de girarse a mirar el rostro con expresión burlona que, sin duda, seguiría allí. Tenía que hacerse con el control. Sentir que se encontraba tan cerca la hacía arder en llamas.

Isobel esperó, consternada, intentar calmarse durante la venta del siguiente lote. Al terminar, sabía que tenía que salir de aquel lugar. Le dijo adiós a Armen y se levantó. Hizo un esfuerzo para mirar a Alessandro.

Pero cuando lo hizo se encontró con una pared vacía. Alessandro se había marchado.

Capítulo 12

LA NIEVE que había estado amenazando toda la mañana por fin hizo su aparición.

Mientras se vestía para la recepción, Isobel tuvo que encender la calefacción de su pequeño apartamento en Park Avenue. Hacía mucho frío.

La de esta noche era una ocasión muy importante para la que ella había elegido su vestimenta cuidadosamente. Su vestido era largo, formal, con vaporosas capas de chifón verde bajo un ceñido corpiño cubierto de lentejuelas. Los finos tirantes hacían pensar en el frío que haría fuera, pero afortunadamente tenía un chal negro para cubrirse desde que saliera del taxi hasta llegar a la entrada del museo.

No había tenido tiempo de hacerse nada en el pelo, así que lo había recogido en un moño con mechones cayéndole por el cuello y a los lados de las orejas. Su maquillaje, como de costumbre, era muy suave.

El detalle final lo ponían unas sandalias verde lima de un diseñador muy moderno con las suelas transparente y tacón de aguja que dejaban al descubierto sus bonitos pies. Al deslizar sus pies en ellas, Isobel recordó de repente cómo Alessandro le había besado los pies aquella noche.

Respiró profundo intentando borrar esos recuerdos. Aquel día ya había tenido suficiente. La aparición de Alessandro en Sotheby's, y la forma en que le había robado el anillo de Nefertiti, había sido una gran impresión de la que aún estaba intentando recuperarse.

Y si estaba en Nueva York y había podido colarse en

la subasta de Sotheby's, aquello significaba que era muy probable que también apareciera en la recepción del museo esa misma noche, a pesar de haberle dicho a Bárbara Bristow que no asistiría.

Isobel estaba lista para él. Se había estado preparando para aquel momento durante cuatro meses. Podría enfrentarse a él y desafiarlo. Al contrario que esta mañana, que le había pillado por sorpresa, esta vez sería capaz de decirle unas cuantas verdades a la cara.

Oh, sí, pensó mientras se ponía unos pendientes de brillantes de color aguamarina. Estaba deseando encontrase aquella noche con el duque de Mandala.

Era hora de marcharse. Antes de ir al museo debía encontrarse con su padre y Gertrude para tomar una copa en el hotel Carlyle, donde ellos estaban alojados.

Finalmente salió de su apartamento y bajó para pedirle al portero que le llamara un taxi.

El hotel Carlyle se encontraba a una manzana de distancia de Central Park y a dos del museo. Además, era uno de los hoteles favoritos de Isobel y su padre.

Se sentaron en una mesa en una esquina y, bebiendo champán, escucharon a Ella Fitzgerald.

—Bien, querida. Ésta es una noche triunfante para ti. Ha sido un año muy bueno.

—Ciertamente lo ha sido.

—Pues pareces no estar muy contenta —comentó su padre—. ¿Qué tal si sonríes un poco?

—Está muy guapa, Richard —dijo la madrastra de Isobel, mirando su vestido—. Quizás habría escogido el blanco y negro, pero supongo que esto es Nueva York.

—Ojalá no hubiera dejado escapar el anillo de Nefertiti esta mañana —suspiró Isobel—. Realmente habría sido una maravillosa adquisición para la Fundación.

Su padre apuró su copa.

—Sí, es una pena. ¿Quién dices que lo consiguió?

–Un comerciante –respondió de inmediato.

–Bueno, en ese caso no tardará mucho en volver a aparecer. Esos tipos compran para revender.

–Entonces el precio será aún más alto –razonó ella.

–Ya no sirve de nada lamentarse –dijo Gertrude con su habitual dinamismo–. Estoy deseando ver la exhibición. Debe ser un espectáculo impresionante.

–Habéis sido muy afortunados al poder sacar tanto material fuera de Italia –dijo su padre–. Tu amigo Alessandro Mandala obviamente tiene buenas relaciones con el departamento de *Beni Culturali*, lo que no me resulta extraño después de los favores que les hace. ¿Has leído esta mañana el artículo del *New York Times*?

–Lo he leído –dijo bruscamente.

–Bastante heroico. Recuperar tesoros de manos de ladrones internacionales es peligroso.

–Es como Indiana Jones –dijo Isobel secamente.

–¿Quién es Indiana Jones? –preguntó su padre.

–Oh, Richard, de verdad. ¿Habrá oportunidad de verle esta noche en la recepción?

–Con él nunca se sabe –dijo Isobel con pesimismo.

–Es un hombre terriblemente encantador –dijo su madrastra, colocándose el pelo–. Creo que es el hombre más atractivo que he visto nunca.

–¿Tenemos tiempo de tomarnos otra copa antes de marcharnos?

–Creo que sí –dijo su padre, llamando al camarero.

Sabiendo que la llamada no sería percibida entre la multitud, Isobel se levantó y se fue a la barra para pedir las bebidas. Con aire taciturno, se miró en el espejo. Estaba tensa, pero sabía que nunca había estado más guapa. El rostro que se reflejaba en el espejo era adorable. Tenía los labios carnosos y unos preciosos ojos verdes. Aquél ya no era el rostro de una chica, sino el de una mujer madura en la cima de su belleza.

El cambio había tenido lugar aquel verano. Isobel sabía perfectamente qué lo había provocado. Aquello la había cambiado para siempre. Por muchos defectos que tuviera, nunca podría olvidarlo. Algún día sería una vieja con un comportamiento gélido como el de Bárbara Bristow, pero en el fondo de su corazón estaría siempre el recuerdo de Alessandro Mandala.

¿Realmente iba a poder enfrentarse a él esa noche? ¿Iba a poder resistirse a su unión?

Mientras pensaba todas esas cosas el camarero le sirvió las tres copas. Después, Isobel regresó a la mesa.

Quince minutos después un taxi les dejaba a los pies de las escaleras del museo.

La recepción tenía lugar en el atrio del museo. Los artefactos procedentes de Sicilia habían sido dispuestos en estantes temporales. Un sistema de luces que pendía del techo los iluminaba. La gente formaba grupos alrededor de cada una de las distintas piezas.

La joyería egipcia que había comprado esa mañana en Sotheby's estaba expuesta en un expositor especial. Sólo faltaba la pieza que le habían robado en la subasta. Isobel recorrió con la vista toda la estancia, ansiosa por vislumbrar la figura de Alessandro. Pero no lo veía por ningún lado.

Bárbara Bristow se acercó a ellos imponiendo su presencia. Lucía su pelo gris al más puro estilo de matrona romana y recubría su figura con un vestido púrpura de terciopelo. Les saludó a todos con brío.

–Como verán, estamos al completo. Me temo que vamos a quedarnos sin champán. Isobel, ve y asegúrate de que tenemos suficiente.

–Sí, doctora.

Dejando a su padre y a su madrastra en compañía de la directora, se abrió camino entre la gente en dirección al bar. En el camino se encontró con Theo Makarios y David Franks. Ambos estaban respondiendo las preguntas de los asistentes. Isobel les saludó al pasar.

La doctora Bristow había contratado un cuarteto de cuerda para tocar durante la velada. Los músicos habían empezado a tocar una vibrante pieza de Schubert que era perfecta para la ocasión.

El bar estaba a pleno rendimiento. El número de botellas de champán parecía haber disminuido rápidamente. Isobel localizó al encargado del catering y consultó con él. Coincidieron en que iban a necesitar tres cajas más de botellas que se estaban enfriando en el camión refrigerado de la compañía que se encontraba en el patio. Irían por ellas en cinco minutos.

Isobel regresó al atrio e informó a su jefa.

—Van a traer tres docenas más de botellas, doctora.

—Perfecto. Es muy caro, pero no queremos quedarnos sin bebida en una noche como ésta. Además, hay excelentes noticias, Isobel.

—¿Sí, doctora?

—Alessandro Mandala me ha telefoneado. Está en la cuidad. Pasará a vernos más tarde.

Isobel se forzó a parecer encantada.

—¡Eso sí que es una buena noticia!

Isobel no le había contado a Bárbara que ya se había encontrado con él aquella mañana en la subasta.

—Naturalmente, he avisado a las televisiones. ¿Has leído hoy el *New York Times*?

—Estuvimos hablando sobre ello antes de venir —dijo Gertrude—. ¡Es emocionante!

—¿Verdad que sí? —la doctora Bristow se giró hacia Isobel—. Sabes, he estado pensando sobre el episodio que me relataste desde Sicilia. ¿Recuerdas? Cuando me contaste la entrega de la cabeza.

—Lo recuerdo —dijo Isobel, apesadumbrada.

—Bien. Se me ha ocurrido que bien podría ser la misma cabeza. ¡Y tú estabas tan preocupada por verte comprometida en algo ilegal! —Bárbara Bristow se rió efusivamente—. Estabas siendo parte de una gran operación y a ti lo único que te importaba era tu reputación. ¡Qué chica más tonta!

—¿Verdad que lo soy? —dijo con una amarga sonrisa.

–Bueno, él es un hombre extraordinario, no hay duda de eso –sonreía la doctora–. Ojalá hubiera muchos como él.

Isobel escuchaba todos los elogios que la directora de la Fundación Berger profería a los asistentes sobre Alessandro Mandala pareciendo haber olvidado que, tan sólo unos meses antes, lo había llamado escandaloso, nefasto, granuja y muchos otros epítetos.

Isobel pensó irónicamente que todo se debía al poder de la prensa, especialmente en manos de un hombre que había admitido manipular a su conveniencia a los medios. Qué práctico había sido que todo sucediera a la vez. En el mismo día en que el museo exponía sus nuevas adquisiciones, aparecían misteriosamente en el *New York Times* dos artículos alabando a Alessandro Mandala mientras que el mismo duque en persona se dejaba caer por Sotheby's para celebrar la comprar de una valiosísima obra de arte y asistir a la gala del museo como invitado sorpresa.

Todo aquello era demasiada coincidencia. ¿Acaso, como de costumbre, no habría alguien entre bambalinas que estaba haciendo que las marionetas bailaran a ese son?

La velada estaba siendo todo un éxito. Como Theo y David, Isobel tuvo que responder a las dudas de los asistentes acerca de los artefactos expuestos. El torso de bronce, en particular, llamaba mucho la atención de los asistentes, pero al contrario de lo que Isobel había anticipado, los brazos y la cabeza nunca habían aparecido.

Después de varios vasos de champán, Isobel empezó a tener la garganta reseca. Excusándose, se marchó agarrando una copa de Moët de una de las bandejas que pasaban por su lado. Sin que nadie la viera, subió las escaleras hacia la galería para poder bebérsela. Desde allí, escudada por el resplandor de las lámparas, podría ver al duque de Mandala cuando por fin hiciera su entrada.

La galería no estaba iluminada. Isobel quedaba oculta en la oscuridad. Que nadie la viera la hizo sentirse como un ángel que observaba la vida de los mortales. La música del cuarteto de cuerda flotaba a su alrededor, dulce y conmovedora.

—Dios debe ver un montón de cabezas calvas, ¿no crees, querida?

Isobel dio tal salto que derramó la mitad de la copa de champán sobre su brazo. No se había percatado de la presencia de un alto hombre apoyado contra la balaustrada como Mefistófeles entre las sombras.

—¿Cuánto tiempo llevas ahí? —le preguntó, apoyando la copa de champán para secarse la mano.

—Lo suficiente para ver que eres la mujer más guapa del lugar.

Isobel casi no podía respirar.

—¡No te vi llegar!

—Entré por la puerta de atrás. No quería armar demasiado revuelo. Me preguntaba cuánto tiempo ibas a tardar a venir a mí.

—No he venido aquí a verte. Simplemente quería alejarme de la multitud.

En la oscuridad, Isobel pudo ver el brillo de su sonrisa.

—Bien. Pues aquí estamos los dos solos —dijo, dando un paso hacia delante.

Lo perfilaba una tenue luz. Llevaba un traje inmaculado y el pelo peinado hacia atrás. Como siempre, ella se quedó atónita ante su belleza.

—¿Me has traído una copa de champán?

Ella señaló la copa de champán, temblorosa.

—Puedes tomarte la mía. O lo que queda de ella.

Él llevó la copa a sus labios y se bebió el champán.

—Delicioso. Debes haber dejado caer un beso en la copa. ¿Cómo has estado todo este tiempo, Isobel?

—Como si te importara. ¡No he sabido de ti en meses!

—La última vez que te vi me dijiste que me despreciabas profundamente y que no querías volver a verme nunca más –señaló él–. Pensé que te tenía que dar tiempo. ¿Estás disfrutando de tu día triunfal?

–Oh, pensé que era tu día triunfal. ¿Has decidido cambiar de imagen? ¿Cambiar los cuernos por un halo?

–Ni tengo cuernos ni halo.

–Según el *New York Times*, también tienes alas y un arpa.

–No puedo controlar a los periodistas del *New York Times* –dijo, encogiéndose de hombros–. Pero sí, estoy lavando mi imagen. Durante un tiempo ha sido útil que me vieran como un granuja, pero ya no.

–De ahí tu presencia aquí en Nueva York.

–No, sirena mía. He venido a Nueva York a verte.

Isobel esperaba que él no hubiera notado cómo su corazón había brincado al oír esas palabras.

–Buen intento, pero no creo que esté en tu lista de prioridades. Viniste aquí para disfrutar de tu gloria y quitarme el anillo de Nefertiti. Así que no intentes ser elocuente conmigo. ¡Estoy harta de ti, Alessandro!

–¿Lo estás?

–Oh, sí. Hace mucho. Lo he resuelto todo ¿lo sabías?

–Cuéntame cuales han sido tus conclusiones –susurró él.

–Me tendiste una trampa para conseguir meterme en tu cama, pero yo también saqué algo de todo aquello. Simplemente fuiste un medio para poder conseguir una colección de arte antiguo. Te utilicé de la misma manera que tú me utilizaste a mí.

–Simbiosis –dijo él con facilidad–. Es una de las reglas de esta vida.

–Exacto. Por cierto, ¿cómo te las apañaste para publicar esas historias en el *New York Times*?

–Te lo prometo. No tengo nada que ver con ellos.

–Oh, ¡vamos! Me contaste cómo tu prima y tú conseguisteis aparecer en todas las revistas.

–Y lo hicimos. Pero esta vez, soy inocente.

–¿Así que lo que cuentan es cierto? –preguntó ella, escéptica.

–Casi cierto. Siempre esperas oír las peores cosas de mí, Isobel. Me preguntó por qué será –dijo sonriendo.

–Quizá sea porque sé cuales son tus métodos.

–Bueno, los prejuicios están bien, ¿pero no te gustaría más saber la verdad?

–¿Sobre qué?

–Bueno, por ejemplo, sobre todos esos interesantes artefactos que están siendo expuestos aquí.

–¿Vas a contarme finalmente la verdad sobre el naufragio? –le preguntó, mirándole de frente.

–EL naufragio era real.

–¿Cómo de real?

–Déjame que te lo explique. Encontré aquel barco hundido hace mucho tiempo, cuando tenía quince años, mientras buceaba buscando coral. Tuve una infancia poco convencional, digamos, sin demasiada supervisión. Durante los días de colegio me dejaban que me divirtiera y como ni abuelo estaba en Roma, no se lo dije a nadie. En realidad, no tenía nadie a quien contárselo. Lo rescaté yo mismo, pieza a pieza, día tras día durante todo un largo y caluroso verano.

–¿Hablas en serio? –le preguntó, boquiabierta.

–Naturalmente. Debería habérselo notificado a las autoridades, pero entonces no sabía nada sobre ello. Simplemente sabía que había descubierto un maravilloso mundo nuevo y, por casualidad, mi futura carrera.

–¡Pero no tenías equipo, ni experiencia!

–Tenía dos fuertes brazos y un par de buenos pulmones. La experiencia vino con rapidez. Amontoné todas las piezas en la cripta del palacio, las investigué y las catalogué. Aprendí un montón en el proceso. Imagínate, un chico solo en un palacio sin padres, sólo un abuelo que siempre estaba escondido detrás de un libro aunque estuviera en casa. Tiempo después, cuando descubrí que lo que no había seguido el procedimiento correcto, ya era demasiado tarde. Todo estaba perfectamente conservado en la cripta. Cuando me enamoré de ti, supe que había llegado el momento. Así que arroje todo al mar y dejé cada objeto justo donde lo había encontrado veinte años antes. Quería que tú los descubrieras.

—¡Oh, Dios mío!

—Dejé las piezas más valiosas, como las monedas de oro y la estatua de bronce para el final, por miedo a que cualquier otro chiquillo ignorante se tropezara con ellas. Durante las últimas semanas tuve que marcharme a un largo viaje. Es por eso que me encontraste recolocando aún algunas cosas cuando ya estabais allí.

Isobel sintió que le temblaban las rodillas.

—Me cuesta creer todo esto, Alessandro.

—A veces la realidad supera la ficción —sonrió él—. Pero debes saber que el yacimiento ha mantenido toda su integridad.

—¡Pero hay cientos de objetos! Devolver todos esos objetos al mar ha debido ser una tarea monumental.

—No fue fácil, pero el premio resulta ser lo más valioso para mí. Tenía que conseguir que te acercaras a mí. Que te acercaras lo suficientemente para que llegáramos a conocernos.

—No tienes por qué seguir fingiendo estar enamorado de mí.

—No estoy fingiendo. Te amo más que nunca, Isobel —le dijo, acariciándole la cara de tal forma que la hizo estremecer—. Todo lo que te he dicho es verdad.

De repente los ojos de Isobel se vieron inundados de lágrimas. Debería haber podido responderle con algún comentario irónico pero lo único que hizo fue gimotear su nombre y arrojarse a sus brazos.

Capítulo 13

ISOBEL había olvidado lo fuerte que era Alessandro, el poder y la pasión de sus brazos y el arrebato de sus besos que la hacían sentir que ella era la cosa más importante del universo.

Isobel se colgó de él. Deslizaba los dedos por es espeso y rizado cabello de su cuello. Su boca se abría contra la de él, uniendo dos lenguas que parecían dos amantes que habían estado separados por la distancia. El calor se apoderaba de ella, sofocándola. Parecía que era una mujer de hielo y nieve que iba a derretirse en cualquier momento.

Quizá si no hubiera bebido tanto, su cabeza no estaría dando vueltas, pero quizá nada de aquello tenía que ver con el champán.

Alessandro acarició su pecho, sintiendo cómo su corazón latía.

—Pensé que estabas harta de mí —murmuró en tono burlón.

—Lo estaba. ¡Lo estoy!

—¿En serio?

Alessandro tomó su mano y la deslizó por debajo de la chaqueta de su esmoquin, posando la mano sobre su pecho. Bajo la camisa de seda, dentro de aquel musculoso torso, Isobel podía sentir cómo su corazón latía apresuradamente, como el suyo.

—¿Igual de harto que yo estoy de ti?

A ciegas, su boca buscó nuevamente la de él. Alessandro susurraba el nombre de ella mientras la besaba con tal fiereza y pasión que todos sus pensamientos se dejaron llevar por el arrebato. ¿Qué la pasaba? ¿Acaso no era lo suficientemente inteligente para evitar caer otra vez en la trampa? ¿Realmente era tan tonta para empezar a creer las leyendas que le rodeaban?

Isobel gimió al sentir cómo sus dientes la mordían en su labio inferior de la forma que lo haría un tigre para excitar a su tigresa, deslizando su lengua dentro de su boca y saboreando el cosquilleo en su interior.

Su cálidas y posesivas manos le acariciaban los hombros y la espalda, deslizándose hasta su trasero para estrecharla contra él para que pudiera sentir su poderosa hombría contra su cuerpo.

Él la meció entre sus brazos con unos movimientos eróticos que la hacían temblar de frenético deseo. Ella le miró fijamente. Sus ojos y su boca estaban embriagados por el deseo. Él se inclinó para besarla en el cuello, la garganta, inhalando la esencia de su piel como si fuera algo esencial para seguir viviendo. Isobel sintió como le mordía los hombros con unos dientes tan afilados que la hacían estremecer entre el dolor y el placer.

Isobel lo amaba ahora de una forma desesperada. Su cuerpo temblaba con las oleadas de placer que se sucedían a través de él. Sólo con besarla y abrazarla de aquella manera, Alessandro la había hecho llegar a la cumbre del placer físico. Y por su agitada respiración, ella sabía que él se sentía de la misma manera.

—Me encanta tu vestido —susurró él.

—¿De veras? —dijo, sonriente.

—Es muy elegante, propio de una dama.

Alessandro dejó de hablar, reuniendo entre sus manos las vaporosas capas de chifón, levantándolas para dejar al descubierto las piernas de Isobel.

—Alessandro, ¡no!

—¡Sí, Isobel!

Alessandro deslizó los dedos por el elástico de las braguitas, que era lo único que llevaba bajo el vestido, y se las quitó.

—¡Esto es una locura! —le dijo, mirándole fijamente a los ojos.

—No. Es la cosa más cuerda que puede hacerse en este mundo de locos —susurró él, besándola en la boca.

Con total facilidad, Alessandro la aupó a la balaustrada. Sus caderas separaban los muslos de ella. Isobel miró por encima del hombro a la multitud que se encontraba en el atrio debajo de ellos.

—Estás loco. ¡Nos verán! ¡Voy a caerme!

—Nadie puede ver nada a través de las luces —dijo mientras su boca deambulaba alrededor de la cara de ella— Y nunca dejaré que te caigas.

Sus brazos la hicieron sentirse tan segura que pensó que se encontraba flotando junto a un ángel. El vibrante y anhelante compás del cuarteto de cuerda parecía seguir el ritmo de su corazón. Así era como habían hecho el amor la última vez en Sicilia, cuando Alessandro la había tomado en una altar de mármol. Isobel se agarró fuerte a sus hombros mientras su boca no dejaba de buscar la de Alessandro. Él le acariciaba las caderas, deslizándose por su vientre hasta la suave espesura de su sexo. Ella también dejó caer sus manos por debajo de su espalda, desabrochándole para hallar su dura y erecta virilidad que, al ser acariciada, le hacía gemir de gozo.

La esencia de su excitación mutua era tibia y deliciosa, arropándoles en un mundo oscuro por encima de los mortales donde nadie y nada podía tocarles.

Isobel lo tomó con ambas manos, dirigiéndole hacia el centro de sus anhelos.

—Por favor, ahora, Alessandro —le rogó susurrándole.

—Sí.

Instintivamente Isobel entrelazó los brazos y las piernas entre su poderoso cuerpo para que él pudiera acercarse lo máximo a ella. Y entonces, tuvo todo eso que había estado ansiando. El largo y maravilloso momento en que él la penetraba lentamente, llenándola y colmándola por completo. Cuando estuvo dentro de ella, Isobel lo miró a los ojos.

—No estoy harta de ti —le dijo suavemente—. Nunca lo estaré. Te amaré hasta el día en que me muera.

Ella sintió cómo él empezaba a moverse dentro de ella, primero con lánguida lentitud, saboreando cada sensación, y después con una fiereza mientras ambos jadeaban.

Con un sollozo de puro placer, Isobel llegó al orgasmo entre sus brazos y sintió cómo él lo hacía un instante después. Ambos temblaban y susurraban sus nombres, aferrados el uno al otro mientras convulsionaban de gozo.

Isobel casi no era consciente de las lágrimas que cubrían su cara mientras que él la estrechaba entre sus brazos como si fuera una rosa de verano despedazada en unas fuertes manos cuyos pétalos han caído al suelo para reposar.

—No encuentro mis braguitas —siseó en la oscuridad mientras intentaba colocarse el vestido.

—Están en mi bolsillo —dijo.

—Devuélvemelas —le pidió con una sonrisita.

—No. Son mías —le dijo, besándola dulcemente.

—Eres un ladrón —dijo, deslizando sus dedos por su cabello—. ¿Por qué he tenido que enamorarme de un ladrón? Primero me robaste el corazón, después el anillo y ahora ¡me has quitado las bragas!

—Y también te robaré el alma —le dijo, sonriendo.

A lo lejos, Isobel oyó que alguien gritaba su nombre.

—Nos están buscando.

—Sí. Odio decir esto, pero será mejor que bajemos o pronto vendrán a buscarnos.

Isobel estaba completamente aturdida mientras bajaba las escaleras del brazo de Alessandro. La forma en la que él le había hecho el amor había llenado su cuerpo y su alma de tal manera que se sentía flotar.

–Por cierto –dijo Alessandro mientras empezaban a bajar–. Esto es algo que no te he robado. Es tuyo para siempre.

Isobel sintió cómo deslizaba algo sólido en su dedo mientras la besaba en los labios. Ella se miró la mano.

Brillando suavemente en su dedo estaba el cartucho de oro de la reina Nefertiti. Isobel se quedó boquiabierta.

–Alessandro, ¿qué...?

–Una vez perteneció a la mujer más bella de la antigüedad. Ahora lo justo es que pertenezca a la mujer más bella que conozco.

Isobel se había quedado sin aliento.

–Ahora sí puedo afirmar que estás loco. ¡No puedo llevarlo!

–Estoy seguro de que cuidarás muy bien de él –le dijo con dulzura.

–¡Ahí estáis los dos! –dijo Bárbara Bristow, acercándose a ellos–. Justo a tiempo.

Isobel no estaba segura de que su pelo y su vestido estuvieran bien colocados, así que hizo algunos intentos furtivos de acicalarse. Dentro de ella, sentía el loco deseo de sonreír a todo el mundo que les miraba con expresión seria. Si alguno de ellos pudiera imaginarse lo que acababan de hacer en la galería...

–Duque, he preparado un discurso que estoy a punto de pronunciar. ¿Cree que podría añadir después algunas palabras?

–Por supuesto, doctora. Será un gran honor.

–Excelente.

La directora se apresuró hacia el estrado haciendo una señal al cuarteto de cuerda para que dejara de tocar. El repentino cesar de la música atrajo la atención de todo el público. La doctora Bristow hizo su aparición en el escenario. Todas las cámaras la enfocaban cuando empezó a hablar.

Isobel permanecía al lado de Alessandro, tan cerca que podía sentir el calor de su cuerpo rozándola con invisibles caricias. Encubiertamente, le mostró la mano con el anillo de Nefertiti.

—¿Por qué lo has hecho? —le susurró.

—Por ti.

—Alessandro, ¡su valor es incalculable! No es algo que una mujer pueda poseer.

—Sólo tú puedes poseerlo. Llévalo por mí.

—Deberías donarlo a un museo.

—No todo tiene por qué pertenecer a los museos —le dijo al oído—. Lo compré para ti. Y para nadie más.

—¿Por qué?

—Porque compartes dos importantes características con Nefertiti, Helena de Troya y Cleopatra. La primera de ella es la gran belleza.

—¿Y cuál es la otra?

—Ser un problema para los hombres que os aman.

Isobel soltó una gran carcajada que inmediatamente reprimió por miedo a que alguien la viera.

—Voy a donarlo al museo —le amenazó.

—No —le dijo suavemente, pero con autoridad.

Fue entonces cuando Isobel se dio cuenta de que le había puesto el anillo en el dedo anular de la mano izquierda.

—Y ahora —sonó la amplificada voz de Bárbara Bristow—, es un honor para mí presentarles al hombre que ha hecho que todo esto fuera posible. El duque, Alessandro Mandala.

Alessandro le guiñó un ojo a Isobel antes de subir al estrado junto a la directora. Él sonrió serenamente a todos mientras le aplaudían. Aquellos ojos azules miraron a su alrededor hasta posarse en Isobel. Parecían sólo hablarle a ella.

—Sabéis, igual que yo, que la herencia arqueológica mundial se encuentra en constante peligro. La polución corroe los grandes monumentos del pasado. Hombres sin escrúpulos roban y falsifican obras irremplazables. Las bombas y la violencia hacen pedazos algunos de los logros más sublimes de la historia. Soldados que no han cobrado su paga en meses saquean los museos. Los preciosos restos del pasado flotan alrededor de un mundo caótico para ser robados, intercambiados, para terminar siendo presa del contrabando o, en el peor de los casos, desaparecen para siempre. Muy pocas piezas llegan a tener un final como éste, un santuario de nuestra historia que podemos recrear con sólo mirar la exposición.

La sala guardaba completo silencio. Alessandro sonreía.

—Este trabajo da mucha sed. ¿Alguien tiene una copa de champán?

Entre las risas, un camarero le acercó una copa. Él la levantó.

—Propongo un brindis por la Fundación Berger y su maravillosa directora, toda una guardiana del patrimonio de la humanidad, la doctora Bárbara Bristow.

La doctora Bristow se sonrojó al ver que todo el mundo brindaba en su honor. Alessandro se terminó el champán. Antes de continuar, sus ojos se posaron de nuevo sobre Isobel.

—Sólo unas palabras más antes de dejaros. Tengo que tomar un avión en unas pocas horas.

Al oír esas palabras, Isobel sintió que se le helaba el corazón. Se sintió palidecer al ver la compasión que reflejaban los ojos de Alessandro.

—Es un compromiso ineludible. De ninguna otra manera me iría en un momento tan maravilloso como éste. Pero espero estar de vuelta muy pronto. Mientras tanto, permitidme dejaros con un pensamiento: todas las cosas bellas de este museo y todas las cosas bellas de todos los museos, fueron inspiradas por una emoción. Esa emoción es el amor. Los hombres y las mujeres del pasado sentían el amor de la misma manera que nosotros lo sentimos ahora. Como nosotros, amaban a sus dioses y a la naturaleza. Y como nosotros, se amaban los unos a los otros. Para celebrar ese amor, crearon la belleza.

El gran poeta Keats dice que la verdad es belleza y la belleza es verdad. Y ambos, amigos míos, son amor.

Alessandro bajó del estrado mientras le aplaudían. De nuevo el cuarteto comenzó a tocar y el champán empezó a correr. Pero Isobel se sentía como si le hubieran clavado un cuchillo en el corazón. Intentaba contener las lágrimas.

Les rodeó un grupo de personas formado por su padre, su madrastra, la doctora Bristow, algunos compañeros y algunos periodistas. Todo el mundo quería acercarse a Alessandro, incluso su madrastra que, a pesar de su frialdad, estaba siendo demasiado efusiva con él.

—¿Realmente tienes que marcharte ahora? —le dijo Isobel en cuanto tuvo opción.

—Me temo que sí. Sólo vine hasta aquí para verte.

—¿Dónde vas?

—Vuelvo a Oriente Medio.

—Oh, Alessandro. ¿Correrás algún peligro?

—Sólo aburrimiento e indigestión —le contestó—. Estoy en medio de unas negociaciones con unos soldados por una colección de estatuas que extrajeron de un antiguo templo en el desierto. Utilizaron cinceles para extraerlas, así que espero no tener que volver con un montón de escombros.

—¿Cuánto tiempo estarás fuera?

—Una semana. Diez días como máximo.

—Y entonces, ¿volverás a por mí?

—Tan pronto como pueda. Te lo prometo

—¿Podrás llamarme?

—No lo sé —le contestó—. La zona está muy apartada. Además están en guerra y normalmente me mantengo alejado de los teléfonos mientras estoy trabajando. Pero lo intentaré, cariño.

—Por favor, cuídate —le rogó.

—Pensé que no significaba nada para ti —dijo, sonriendo.

—Lo eres todo para mí. Te quiero, Alessandro.

Capítulo 14

TUVO que despedirse de Alessandro en público, en las escaleras del museo, mientras la nieve caía y todo el mundo les miraba. Pero ya no había forma de esconder sus sentimientos, ni siquiera hacia sí misma. Así que lanzó sus brazos alrededor de él y lo besó apasionadamente.

–Cuídate –le dijo, sollozando–. Y vuelve a por mí.

Entonces llegó el taxi y se fue.

Isobel sintió que alguien le echaba un brazo alrededor de los hombros. Era su padre.

–Oh, papá –dijo, abrazándolo con fuerza.

–Veo que sois muy especiales el uno para el otro. ¿Por qué no me lo dijiste?

–No quería admitirlo. Ni siquiera a mí misma.

–¿Por qué no?

–Estaba convencida de que era un sinvergüenza, papá. Y tampoco creía que fuera en serio conmigo.

–Yo no creo que sea un sinvergüenza, cariño.

–Yo tampoco. Ya no.

–¿Y va en serio contigo?

–Sí, creo que sí.

Su padre sonrió.

–Entonces eres una chica afortunada. Volvamos a la fiesta. Todo el mundo está esperándote. No podremos hablar esta noche, pero mañana nos tomaremos un café solos tú y yo y podrás contármelo todo.

El Café des Artistes era otro de los lugares frecuentados por Isobel y su padre. Aún seguía nevando y Central Park parecía una estepa rusa, pero a pesar de ello, des Artistes estaba lleno de gente y alegría.

Medio embriagada por el aroma del café y el chocolate, encontró a su padre en una mesa al lado de un mural. Él se levantó para darle un abrazo. Isobel estaba contenta de ver que había cumplido su palabra y había venido solo. Siempre era más fácil para ambos hablar sin que Gertrude estuviera presente.

—Hola, querida —le dijo, retirándole la silla.

—Siento llegar tarde, papá —dijo, desenrollándose la bufanda—. Hay un tráfico horrible.

—Lo sé. ¿Qué vas a tomar? ¿Algo de chocolate?

—Sí, algo con chocolate.

Isobel se acomodó, frotándose las manos mientras que su padre pedía dos capuchinos y pastel de chocolate para ambos.

—Ahora. Cuéntamelo todo.

Isobel se había preguntado hasta dónde podría contarle a su padre, pero finalmente decidió contarle todo o casi todo. No podía contarle la atracción física que existía entre ella y Alessandro, aunque quizá lo supondría.

Su padre la escuchó sin interrumpirla. Al terminar su relato, su padre se llevó las manos a la barbilla.

—Querida, es la cosa más romántica que he oído. ¿Y dices que lo devolvió todo al mar para que lo encontraras?

—Sí. Y después contactó con la Fundación sabiendo que yo sería enviada a la expedición. Y mira, papá.

Le mostró la mano para que pudiera ver el anillo. Él se puso las gafas para examinarlo.

—Pero, ¡si es el anillo de Nefertiti!

—Lo compró para mí.

—¿Es tu anillo de compromiso?

—¡Sí! —dijo con los ojos llorosos.

Su padre se mantuvo en silencio por un instante.

—Nunca he sido un hombre muy romántico, pero no creo que haya ninguna duda de que su amor por ti es verdadero. Es un hombre muy especial.

El camarero llegó a la mesa. Isobel le hincó el diente al delicioso pastel.

—Así que ¿tengo tu aprobación?

—¿Sobre Alessandro? Yo no pinto nada, querida.

—Quiero que te agrade, papá.

—Y me agrada inmensamente. Vino a verme el año pasado para preguntarme sobre unas inscripciones. Entonces ya me impresionó. Supongo que la visita era una mera formalidad puesto que dices que ya estaba interesado en ti. Pero me impresionó que fuera un hombre tan inteligente y tan ingenioso.

Isobel suspiró, recostándose hacia atrás en su silla. La inteligencia era el máximo elogio para su padre.

—Me alegra que te guste.

—¿Lo quieres?

—Sí. Lo adoro.

—Estoy tan contento. ¿Y qué piensas hacer con ese hombre tan maravilloso? Va en serio contigo.

—Sí, opino igual. Al principio no creí que lo fuera, ya sabes, por la reputación que tiene.

—Eso es todo un mito, Isobel.

—Ya. Ahora lo sé. Antes no lo aceptaba. Hasta ahora he estado un poco desorientada, papá.

—Supongo que la forma en que tu madrastra te crió te dificultó relacionarte con los chicos.

—Solía pensar eso —respondió a su padre lentamente—. Nunca se me dieron bien ese tipo de cosas. El tener amigos y ser cariñosa. La mayoría de mis novios acabaron dejándome, como Michael. Decían que era arrogante, fría y maleducada.

—Lamento oír eso —dijo su padre, mirándola por encima de su taza de café.

—Creo que culpaba a Gertrude de eso. Pensé que quizá había algo raro en mí, pero eso fue hasta que llegó Alessandro. Con él todo fue tan diferente —Isobel miró a través de la ventana. Una blanca capa de nieve lo cubría todo—. Pienso que él supo ver la coraza tras la cual me protegía. Él simplemente actuó como si esa coraza no existiera. Y cuando por fin surgió algo entre nosotros, adiviné que no había nada raro en mí.

—Entonces eres muy afortunada. Tienes algo maravilloso, hija mía, algo que muy pocas personas logran alcanzar. Tu madre y yo lo tuvimos una vez. Pero ella era demasiado buena para este mundo y se marchó de mi lado. Me he pasado el resto de mi vida recordándola. Así que no le dejes escapar, Isobel. Nunca se sabe lo que nos espera al cruzar la esquina.

Sus palabras la hicieron estremecer.

—No podría soportar perderle, papá.

—Eso no sucederá, querida.

—Cuando me dijo adiós en el museo, tuve un presentimiento. Sentí como si una sombra maligna me rozara.

—¡Calla! Alessandro Mandala es el amor de tu vida, querida. Eso es todo lo que importa.

Isobel aceptó el pañuelo que le ofrecía su padre para secarse los ojos.

—Lo extraño tanto, papá. Duele tanto estar sin él.

—Ahí tienes la respuesta. No te separes de él nunca más— dijo, mirando por la ventana. La nieve parecía caer con menor intensidad—. Creo que va a aclarar un rato. Será mejor que regrese con Gertrude. Quiere ir a los grandes almacenes de la Quinta Avenida antes de que regresemos a casa y necesita que la lleve.

—Ha sido genial estar contigo, papá. Te agradezco sinceramente que me hayas ofrecido un hombro sobre el que llorar. Y un terapéutico pastel de chocolate. Gracias por todo, papá.

—Cuídate. Te quiero mucho.

Isobel no recordaba cuándo fue la última vez que le oyó decirle aquello.

—Yo también te quiero, papá —le susurró mientras lo veía montarse en un taxi.

Entonces, Isobel se quedó sola.

* * *

La tormenta de nieve fue tan intensa que a Isobel le resultaba muy difícil llegar al museo desde su apartamento. Normalmente sólo eran cuarenta y cinco minutos de paseo, pero entonces la nieve había estropeado las líneas eléctricas causando cortes en el centro y haciendo que toda la ciudad fuera un caos. El museo estaba cerrado puesto que los sistemas de alarma no funcionaban, así que Isobel se quedó en casa durante dos días.

Y mientras tanto, no tenía noticias de Alessandro.

Él había prometido llamarla si podía, pero le había advertido que podría no tener oportunidad de hacerlo. Sin embargo, ella mantenía siempre el teléfono cerca de ella y si salía, se apresuraba a escuchar el contestador por si tuviera algún mensaje.

Había pasado una semana. Después pasaron quince días.

A la tercera semana Isobel empezaba a estar desesperada. A pesar de la carga de trabajo que tenía, nada parecía existir para ella excepto Alessandro. Sin él, se sentía incompleta. Se había convertido en una persona que deambulaba de tarea en tarea a la que sólo los recuerdos mantenían viva.

Entonces fue cuando llegó la llamada.

La despertó de un profundo sueño, a tempranas horas de la madrugada. Isobel buscó a tientas el teléfono, nerviosa, temiendo escuchar malas noticias.

—¿Hola?

La línea se entrecortaba. La comunicación crepitaba a cada instante. Tuvo que esperar unos instantes antes de poder oír la voz lejana de Alessandro.

—Siento llamarte tan tarde... única oportunidad que he tenido... quería oír tu voz.

—¡Alessandro! ¿Estás bien?

—Estoy bien... primera vez que estoy cerca de un teléfono... siento.

—¡He estado tan preocupada por ti!

–Las cosas están complicadas... no han ido como esperaba... bastante duras.

–¡Regresa a casa entonces! –le rogó.

Isobel oyó el eco de su risa.

–Casi ahí... nada de lo que preocuparte, cariño... echo mucho de menos.

–Te echo muchísimo de menos. Quiero que regreses. No vuelvas a dejarme así otra vez.

–No lo haré... creo que ésta es mi última aventura... poner estas cosas a salvo y entonces... contigo.

–¿Cuánto tiempo más?

–Espero... semana o dos... negociaciones difíciles... cercanas a la lucha... hombre con el que negociaba ha sido asesinado... esculturas en zona de combate.

–¿Alessandro? Por favor, cariño. No corras riesgos innecesarios. Te quiero.

Pero todo lo que obtuvo por respuesta fue una grabación que decía: la comunicación se ha cortado. Por favor, inténtelo más tarde.

Ya no había forma de volver a dormir. Agitada, se levantó y se preparó un café. Se lo bebió, nerviosa, mientras le daba vueltas al anillo de Nefertiti que él la había regalado.

¿Acaso los ruidos que hacía la línea sólo se debían a su mal estado o se debían a las explosiones de los disparos? ¿La había llamado porque se encontraba en peligro o porque pensaba que no la vería otra vez? ¿Por qué había dicho que quería oír su voz? ¿Quizá porque se encontraba en una mala situación?

Isobel cerró los ojos y rezó para que volviera a ella sano y salvo y nunca más se separara de su lado.

La siguiente llamada no llegó hasta un día después, para cuando Isobel ya estaba histérica. Pero esa llamada no provenía de Alessandro.

–Isobel, ¿eres tú?

Aquella voz femenina con marcado acento le resultó inmediatamente familiar. La había escuchado por última vez en Sicilia. Era la tía de Alessandro, Carmela.

—¡Mela!

—Sí, *cara*. Soy yo. ¿Qué sabes de Alessandro?

—No sé nada desde hace una semana —dijo mientras se sentaba porque las rodillas le empezaban a flaquear—. ¿Y tú?

—¡Estoy tan preocupada por él! Uno de sus misteriosos amigos ha llamado para decir que está en peligro. Se esperaba que llegara al Líbano hace un par de días, pero no ha llegado. El hombre dijo que está herido y detenido en la frontera. Oh, Isobel. ¡Tengo tanto miedo por él!

—¿Herido? ¿En qué sentido?

—No lo sé. El hombre dijo que había pasado por una zona de combate y había resultado herido.

—¿Cómo?

—No tengo más información. Hace cuarenta y ocho horas, esperaban que llegara a Beirut en un camión con las malditas esculturas. Pero no ha llegado. El hombre dijo que se quedó tirado en una aldea justo al borde de la frontera. Volaría yo misma al Líbano, pero ¿qué puede hacer una vieja como yo?

—Nada. Iré yo.

—¡Oh, *cara*!

—Me necesita. Probablemente también necesite dinero y medicinas. He estado antes en Beirut y conozco un poco el Líbano. Tomaré el primer vuelo que pueda. Mela, ¿sabes como puedo contactar con ese amigo suyo?

—Tengo su nombre y su número. Eso es todo.

—Dámelos —dijo Isobel.

Capítulo 15

EL VALLE Bekaa era vasto y seco. Isobel había estado en aquella región antes para visitar Baalbek, el gran yacimiento arqueológico, pero había sido en verano, con un calor abrasador y una vegetación exuberante por todos lados. Ahora, a mediados de invierno, las montañas del este estaban cubiertas de nieve y el viento soplaba sobre ellos frío y seco.

Isobel tenía el mapa desplegado sobre las rodillas. Después de haberse perdido en varias ocasiones, había decidido no volver a confiar en el conductor, Majeed. Su sentido de la orientación se basaba más en el optimismo que en su conocimiento del área.

Todo lo que Isobel podía decir era que finalmente parecían estar en el camino hacia Nabi Ismael, el lugar en el que Alessandro había sido visto por última vez. El problema era que los mapas eran obsoletos. Aldeas que estaban señaladas en el mapa no aparecían por ningún lado y varias veces pasaron por asentamientos que parecían no tener nombre.

Después del amanecer su pequeño coche de alquiler había sido arrojado fuera de la carretera por un convoy militar. Majeed le había pedido que se cubriera su brillante melena con un pañuelo oscuro y ella lo había obedecido, acurrucándose en su asiento para no llamar la atención.

—¿Quiénes son? —le preguntó a Majeed.

—Pueden ser iraquíes. Quizá iraníes. Quizá sirios. O quizá cualquier otra cosa. ¿Quién sabe?

–Gracias por la información –murmuró, volviéndose a acurrucar en el asiento.

–De nada.

Durante un buen rato habían estado subiendo una montaña y ahora estaban pasando por un bosque de olivos y, lo que parecían, almendros por sus flores rosas. Isobel pensaba que la aldea se encontraría en la cima de la montaña. La frontera estaba tan sólo un poco más adelante. Isobel dio un trago de la botella de agua. No era sólo aquella aridez lo que le hacía tener la boca seca, sino el temor de lo que encontraría al llegar a Nabi Ismael.

A lo largo de los días, había tenido tiempo de considerar cada una de las peores posibilidades. Alessandro podría estar gravemente herido, muerto o desaparecido.

Ya nada tendría sentido sin él. Pensar en no volver a verlo más. En nunca llegar a convertirse en su esposa, ni ser la madre de sus hijos ni envejecer a su lado, era tan terrible que no quería enfrentarse a ello.

Majeed permanecía erguido sobre su asiento. Su voz irrumpió en sus crudos pensamientos.

–Nabi Ismael –dijo–. Quizá.

Quizá era la palabra que siempre añadía en casi todos sus comentarios. Con aquel panorama, no era difícil entender por qué.

–Quizá –le respondió ella.

Isobel miró hacia la aldea rodeada por un bosque de olivos. Detrás de él, las nevadas cumbres se elevaban sobre el horizonte azul.

«Haz que esté aquí, por favor. Haz que esté aquí», rezó Isobel en silencio.

Se dirigieron hacia la aldea a través de la polvorienta carretera. Pasaron por una señal que indicaba que, de hecho, aquel lugar era Nabi Ismael. Su corazón empezó a brincar. ¿Qué pasaría si ya no estaba allí? ¿Y si hacía días que se había marchado? ¿Y si la información no hubiera sido correcta y nunca hubiera estado allí?

Las primeras personas que vieron fue un grupo de

mujeres trabajando en el campo. Majeed paró el coche y las hizo varias preguntas, pero ella simplemente agitaron la cabeza.

Llegaron a la plaza, en donde había una cafetería con sus parroquianos sentados frente a unas mesas.

—Permanezca aquí, *mademosille* —le advirtió Majeed—. Iré a preguntar. Quizá alguien sepa algo.

—Quizá —respondió ella con voz afligida.

Isobel permaneció sentada en el coche mientras el conductor entraba a la cafetería. Ella miró a su alrededor. El lugar era pobre, rural, obviamente basado en la agricultura y sin el agua que abundaba en las zonas bajas del valle. Aquello estaba muy lejos. Ahora entendía por qué Alessandro había elegido esa carretera. Para mantenerse alejado de las miradas de los curiosos.

Los ancianos la miraban con curiosidad mientras bebían sus cafés. Ella bebía de su botella de agua para ser amigable. El sordo latido de su corazón era tan fuerte que parecía que todo el coche temblaba con ella.

Al fin, Majeed regresó al coche.

—Dicen que un camión conducido por un extranjero se ha averiado a pocos kilómetros de la aldea, cerca de las montañas. Quizá todavía esté allí.

—Quizá. ¡Vamos!

Era media tarde cuando llegaron a las montañas que los hombres del bar le habían señalado a Majeed. Aquella carretera era aún más estrecha que la anterior y tenía tantos surcos que a veces era más fácil conducir por fuera de la carretera y atravesar los campos.

—Hay un camión allí —gritó Majeed.

—Lo veo —dijo Isobel, mirando fijamente al vehículo que se encontraba a un lado de la carretera, no muy lejos de lo que parecía ser una granja abandonada—. Deprisa, Majeed. ¡Vayamos rápido!

—Quizá se nos rompa un eje —dijo, advirtiéndola al

tiempo que aceleraba hacia el camión levantando una nube de polvo alrededor de ellos.

El camión era grande y estaba abollado. En ambos lados, en árabe y en inglés, llevaba pintado el nombre de una compañía de frutas. Al acercarse, Isobel vio que la cubierta del motor estaba apuntalado. Mientras que ella salía del coche, vio que un hombre estaba tumbado bajo en motor y había un montón de herramientas esparcidas a su alrededor.

Lo único que podía ver eran unas piernas enfundadas en unos sucios vaqueros y unas botas polvorientas. Pero aquellas piernas largas y musculosas le resultaban muy familiares.

Y por los martillazos que se escuchaban por debajo del camión, su duelo parecía estar muy vivo.

A Isobel le entraron ganas de empezar a llorar.

—¿Cómo has podido hacerme esto?

Los martillazos cesaron de inmediato. Las piernas se encogieron y él se acurrucó con cuidado bajo el camión, mirándola detenidamente. Su cara estaba demacrada y bronceada y lucía barba de unas cuantas semanas.

—Alessandro.

—¿Isobel? —respondió suavemente mientras sus azules ojos le miraban como si estuviera soñando.

No llevaba camisa. Uno de sus brazos estaba vendado con una sucia venda en que se veía sangre seca.

Isobel se arrodilló a su lado.

—Oh, Dios. Estás herido.

—Isobel. Has venido. Así que, después de todo, me amas.

—¡Por supuesto que te amo! ¡Te amo locamente! No podría pasar ni un día sin ti.

Ella tomó su cara entre sus manos y lo besó una docena de veces, gimoteando sobre él—. ¿Estás bien, querido mío?

Él la rodeó con su brazo bueno y la abrazó con fuerza.

–Espero que esto no sea un sueño –murmuró mientras sus resecos labios se posaban sobre los de ella.

–No lo es –dijo ella mientras sus lágrimas dejaban chorretones en el rostro de Alessandro–. ¿Qué te ha sucedido?

–Unos lunáticos trataron de disparar al camión mientras cruzaba la frontera. Tengo el brazo roto y también algunas costillas. Algunas de las balas fueron a parar al radiador. He conseguido llegar hasta aquí antes de que el sistema de ventilación se estropeara. He intentado repararlo, durmiendo por las noches en esa casucha en la que, afortunadamente, hay un pozo. Pero solamente con un brazo, el trabajo va muy lento –él le dedicó el atisbo de una sonrisa–. Pero ¡Dios mío! Estás tan guapa. He soñado contigo desde que nos separamos pero siempre me olvido de lo guapa que eres.

Estaba demacrado y parecía exhausto. El bello rostro que amaba reflejaba los signos del dolor. Ella lo besó todo lo apasionadamente que pudo.

–He traído antibióticos y todo tipo de medicinas.

–¿Analgésicos?

–Los más fuertes.

–Entonces eres un ángel –le dijo, riéndose–. Me he estado medicando con *arak*, pero la botella se terminó ayer. ¿Cómo has podido encontrarme?

–Uno de tus sospechosos amigos llamó a Mela para decirle que estabas en peligro y Mela me llamó a mí. Ellos me dieron el nombre de la aldea. Volé hasta Beirut y encontré un conductor, Majeed, que me trajo hasta Nabi Ismael.

–Lo has dejado todo para venir a buscarme –dijo con los ojos vidriosos por la emoción–. Siempre soñé con que un día me quisieras de esa forma.

–Siempre consigues lo que deseas. La manzana cayó justo donde y cuando sabías que lo haría. Tu sólo tenías que alargar la mano.

–¿Qué?

Isobel meneó la cabeza.

–Algo que me dijo tu tía. No organizarías todo esto para probar lo mucho que te quiero, ¿verdad?

–No –le respondió con una sonrisa–. Nosotros los sicilianos decimos que se atrapan más abejas con miel que con vinagre. Nunca pretendí asustarte o ponerte en peligro. Pero nunca olvidaré lo que has hecho.

Isobel tenía un nudo en la garganta.

–¿Cómo vamos a salir de aquí?

–Tenemos que reparar el camión, pero ahora que tenemos un par de manos extra será fácil. Majeed –dijo Alessandro, ofreciéndole la mano al libanés–. ¿Crees que podrás ayudarme a arreglar el radiador?

–Quizá –le respondió Majeed, sonriendo.

–Siempre contesta lo mismo –dijo Isobel, riéndose entre sollozos.

–Quizá está bien –dijo Alessandro, riéndose también–. Es mucho mejor que un no. Ayúdame. Quiero enseñarte algo antes de que nos pongamos con el radiador.

Ella se sustentó mientras cojeaba hasta la parte trasera del camión. Había perdido peso durante aquellas semanas. La desnuda piel de su torso ardía como si tuviera fiebre.

–Se te notan las costillas –le dijo con preocupación–. Tendré que alimentarte bien con *scacciata* y *crespelle*.

–Tengo en mente cosas mejores que ésas –le dijo, abrazándola–. Te he echado tanto de menos. He soñado contigo día y noche. Creo que eras lo que me mantenía vivo y evitaba que tirara la toalla.

Alessandro abrió la parte trasera del camión y descorrió una cortina. Isobel miró dentro. Allí, aseguradas entre viejos colchones y sábanas raídas, había una maravillosa colección de esculturas. Ella pudo ver los orgullosos y arqueados cuellos de los caballos, los rostros barbudos de los guerreros y el arrogante perfil de una reina.

–¡Guau! ¿Son sumerias? –preguntó ella.

—Pertenecen al friso del templo de Ashtaroh. Los rebeldes las extrajeron con maquinaria pesada y dinamita. Están dañadas, pero no tanto como creía. El templo ha desaparecido. Un día después de que los rebeldes se hubieran marchado, el lugar fue destruido por un misil.

—¿Así que esto es por lo que te has jugado la vida?

—Sí. Son magníficas, ¿verdad?

—No valen tu vida.

—Isobel, ¡son obras maestras! Si no las hubiera rescatado, ahora no serían más que un montón de escombros.

—Y si yo no hubiera venido a buscarte, mañana por la noche habrías estado muerto.

Él sonrió.

—Quizá.

—¿Acaso no sabes que nada vale tanto como tu vida? Ni todas las obras maestras del mundo. ¿Qué haría sin ti?

Él se giró hacia ella.

—¿Y qué haría yo sin ti? —le preguntó, besándola apasionadamente en la boca—. Pero viniste y me salvaste. Ahora te pertenezco para siempre.

Alessandro la besó de forma cálida y aterciopelada. Estar tan cerca de él en aquel desierto la hizo sentir que una etapa de su vida había llegado a su fin y que una nueva, realmente maravillosa, acababa de empezar.

Él le sonrió.

—Ahora empecemos a reparar el camión para poder llevar esas esculturas a Beirut.

Aprender a conducir no era tarea fácil, pero, con Alessandro a su lado, Isobel era capaz de cualquier cosa. Ahora era una nueva persona. Había hecho cosas que nunca había soñado, sentido emociones que ni siquiera pensaba que existían. Isobel había rescatado a su amado, el hombre de sus sueños. Se había asegurado su felicidad y descubierto la verdad sobre ella misma y la persona a quien amaba. Ahora mismo sentía que no había nada que no pudiera hacer por él.

—Cualquier locura, cualquier temeridad —murmuró ella.

—¿Qué has dicho? —preguntó él, despertándose en el asiento de al lado.

—Nada. Sólo que sería capaz de hacer cualquier cosa por ti.

—¿Te casarías conmigo? —le preguntó, sonriéndole con unos risueños ojos azules.

—No puedo aceptar tal proposición de un hombre delirante —dijo, concentrándose en el volante—. No sería justo.

—No estoy delirando.

—¿Ah, no? ¿Con toda esa mezcla en el estómago? Probablemente crees que soy un elefante rosa.

Alessandro había tomado antibióticos y anestésicos junto con una botella de *arak*, el aguardiente local que había comprado al pasar por un viñedo.

—Pero de un rosa tan bonito —le susurró al oído—, que me recuerda a ciertas partes de ti que adoro besar.

—¡Alessandro!

—Nunca pensé que me enamoraría perdidamente de una camionera —dijo, deslizando sus manos por sus pantalones—. Pero hay algo en tu manera de desembragar que me excita muchísimo.

—No puedo conducir si sigues diciéndome eso. ¡Alessandro! Me chocaré contra Majeed.

—Soy tu esclavo —sonrió él—. Sólo existo para darte placer desde el alba hasta el anochecer.

—Oh, Alessandro...

Isobel tuvo que frenar para no chocar con Majeed, quien iba por delante de ellos en su coche hacia las montañas que conducían a Beirut.

—Estaba pensando celebrar la boda en la capilla del *palazzo* —murmuró, besándole las comisuras de la boca mientras sus dedos enredaban escandalosamente entre sus muslos–. Allí es donde se casaron mis padres. De hecho, todos los Mandala se han casado allí desde Agathokles, el traciano. Además la distancia que hay desde el altar al dormitorio es mínima.

–Definitivamente eso es un plus. ¿Puedo invitar a media Nueva York a la boda?

–Por supuesto. No recuerdo cuantos dormitorios tiene el *palazzo,* pero siempre queda la lavandería.

–¿Y me prometes de verdad que ésta es la última vez que te dedicas a este tipo de locas proezas?

–Te lo juro. Desde ahora en adelante me comportaré como un marido respetable.

–Si no lo haces tendré que encadenarte a la cama, Alessandro –dijo ella con tono grave.

–Me resulta algo pervertido, pero lo probaremos.

–¿Sabes por todo lo que he estado pasando?

Él se inclinó hacia ella y la besó dulcemente en los labios.

–No volveré a hacerlo nunca. Te lo prometo. La cosa más peligrosa que haré a partir de ahora será jugar al fútbol con nuestros hijos. ¿Sabes lo que más me preocupado en todas estas semanas, Isobel? El temor a no volver a verte otra vez. Hasta ahora nunca había temido la muerte, pero ahora sé que estar sin ti es la peor cosa que hay en el mundo.

–Yo también siento lo mismo –contestó ella–. Si te hubiera pasado algo, no podría seguir viviendo.

–Pero los dioses tienen otros planes para nosotros –le dijo con una sonrisa–. Aquí es donde empieza nuestra vida juntos, amada mía. Juntos para siempre.

Y así siguieron su camino entre los árboles hacia la maravillosa cuidad de Beirut. Más allá de la cuidad el sol dibujaba una deslumbrante sonrisa sobre el profundo y azul mar Mediterráneo, donde todo había comenzado.

Bianca®

**Él estaba empeñado en seducirla...
y ella en no dejarse seducir...**

El millonario griego Theo Toyas desconfiaba de la bella y cautivadora Abby Clinton. Estaba convencido de que, tras su aire de vulnerabilidad, se ocultaba su deseo de hacerse con la fortuna de los Toya. Así que se propuso seducirla para hacerla confesar...

Abby se sentía mortificada por la atracción que había despertado en ella aquel arrogante griego. Pero debía guardar su secreto... no podía enamorarse de Theo. Debía seguir estando prohibida para él...

La novia prohibida

Cathy Williams

Acepte 2 de nuestras mejores novelas de amor GRATIS

¡Y reciba un regalo sorpresa!

Oferta especial de tiempo limitado

Rellene el cupón y envíelo a
Harlequin Reader Service®
3010 Walden Ave.
P.O. Box 1867
Buffalo, N.Y. 14240-1867

¡Sí! Por favor, envíenme 2 novelas de amor de Harlequin (1 Bianca® y 1 Deseo®) gratis, más el regalo sorpresa. Luego remítanme 4 novelas nuevas todos los meses, las cuales recibiré mucho antes de que aparezcan en librerías, y factúrenme al bajo precio de $3,24 cada una, más $0,25 por envío e impuesto de ventas, si corresponde*. Este es el precio total, y es un ahorro de casi el 20% sobre el precio de portada. !Una oferta excelente! Entiendo que el hecho de aceptar estos libros y el regalo no me obliga en forma alguna a la compra de libros adicionales. Y también que puedo devolver cualquier envío y cancelar en cualquier momento. Aún si decido no comprar ningún otro libro de Harlequin, los 2 libros gratis y el regalo sorpresa son míos para siempre.

416 LBN DU7N

Nombre y apellido	(Por favor, letra de molde)

Dirección	Apartamento No.

Ciudad	Estado	Zona postal

Esta oferta se limita a un pedido por hogar y no está disponible para los subscriptores actuales de Deseo® y Bianca®.
*Los términos y precios quedan sujetos a cambios sin aviso previo.
Impuestos de ventas aplican en N.Y.

SPN-03

©2003 Harlequin Enterprises Limited

Bajo la superficie

Jessica Hart

Quizá su empeño en huir de los sentimientos los condujera directos al amor...

Patrick Farr estaba más que satisfecho con su vida de soltero, siempre rodeado de mujeres bellas. ¡Ojalá pudiera convencerlas de que el matrimonio no figuraba entre sus planes! Sólo había una manera de demostrarles que jamás se casaría por amor... Louisa Dennison era capaz de mantener la calma en cualquier situación; de hecho, era la ayudante perfecta. También era una madre soltera con dos hijos muy difíciles. Así que cuando Patrick le pidió que se casara con él, su respuesta fue un no rotundo... ¿O quizá no fuera así? Lou no era uno de los bombones de Patrick, pero su ofrecimiento podía ser la solución a todos sus problemas...

Deseo®

Padre soltero
Rochelle Alers

Después de que su mujer los dejara a él y a su hijo, el veterinario Ryan Blackstone prometió no volver a amar. Intentó sentir aversión por la bella Kelly Andrews, la profesora que iba a dirigir la escuela de las granjas Blackstone, pero fracasó estrepitosamente. Y no pasó mucho tiempo antes de que la sensual viuda desatara una tormenta dentro de su corazón.

Ryan había estropeado los planes de soledad de Kelly con un solo beso. Y antes de que pudiera darse cuenta, Ryan estaba traspasando todas sus defensas mientras ella seguía preguntándose si lo que sentía por ella era amor... o sólo deseo.

Había aprendido que jamás se podía rechazar la pasión...